CHARLES DE FOUCAULD

L'explorateur
fraternel

CHARLES DE FOUCAULD

L'explorateur fraternel

Textes choisis et présentés
par Antoine de Meaux

Éditions Points

CE LIVRE EST PUBLIÉ DANS LA COLLECTION
« POINTS SAGESSES », SÉRIE « VOIX SPIRITUELLES »

ISBN 978-2-7578-0905-1

© Éditions Points, septembre 2008

Le Code de la propriété intellectuelle interdit les copies ou reproductions destinées à une utilisation collective. Toute représentation ou reproduction intégrale ou partielle faite par quelque procédé que ce soit, sans le consentement de l'auteur ou de ses ayants cause, est illicite et constitue une contrefaçon sanctionnée par les articles L. 335-2 et suivants du Code de la propriété intellectuelle.

Charles de Foucauld, à l'avant-garde

Sa barbe est dépenaillée, son corps drapé dans une gandoura de mendiant céleste. Édenté, le visage buriné par le jeûne, il se coiffe certains jours d'un fez blanc à rabat qui lui donne des airs de derviche. De sa lignée chevaleresque, Charles de Foucauld a hérité la devise « Jamais arrière ». À son usage personnel, il s'en est forgé une autre, beaucoup plus déraisonnable, qu'il porte sous la forme d'un Sacré-Cœur, en pleine poitrine : *Jesus Caritas*, « Jésus Amour ». Car si cet homme est un fou, c'est un amoureux fou. Au centre de sa vie, au milieu du désert et du monde, il a placé le nom du Bien-Aimé.

Foucauld avait découvert le Sahara par les marges et le danger. Orphelin de bonne heure, il avait été un enfant au regard triste et indéchiffrable, puis un jeune homme riche, un jouisseur en uniforme de hussard. Généreux et indiscipliné, il avait connu les flots de champagne, le baptême du feu dans le Sud-Oranais, les cocottes. Puis il avait voulu rompre avec cette vie et réaliser quelque chose. Après avoir quitté l'armée, il s'était avancé dans le Maroc inexploré, sous le déguisement d'un rabbin très pauvre. C'était dans les années 1883-1884. Sur de petits carnets, il avait noté les noms des fleuves et des douars, la vie des gens, leurs aventures crépusculaires. Outre la création des premières cartes du pays, son expédition lui avait fait vivre une expérience double : pauvreté complète, hospitalité sacrée. Alors qu'il pensait ne plus avoir la foi, ses hôtes juifs et musulmans l'avaient accueilli, protégé. Ils lui avaient rappelé la grandeur de Dieu. Le véritable voyage pouvait commencer.

Pour écrire le récit de son exploration, Foucauld se cloître dans la solitude d'une chambre banale, rue de Miromesnil à Paris. Le Maroc l'a réorienté. Si l'islam le « séduit à l'excès », il ne le convainc pas. La nuit, il dort à même le sol, enveloppé dans son burnous. Le jour, il entre dans les églises, de plus en plus souvent : « Mon Dieu, si Vous existez, faites que je Vous connaisse ! » Depuis l'enfance, il est très proche de sa cousine Marie de Bondy. Elle se tient à ses côtés durant ces heures cruciales, présence silencieuse. En octobre 1886, elle le recommande à un de ses amis, l'abbé Huvelin. Le vicaire de la paroisse Saint-Augustin ne tient pas de grands discours. Il confesse le jeune homme et l'envoie communier. La conversion de Foucauld fut simple et radicale : « Aussitôt que je crus en Dieu, je compris que je ne pouvais faire autrement que de ne vivre que pour Lui. » Ce qui l'avait conduit jusque-là, c'était l'apostolat de la bonté, à l'image de la Vierge chez sa cousine Élisabeth, la puissance de la simple Visitation. Toute sa vie, Foucauld resta fidèle à ce chemin. Pour viatique, il possédait cette parole de l'Évangile : « Si le grain de blé jeté en terre ne meurt pas, il demeure seul ; mais s'il meurt, il porte beaucoup de fruit. Qui aime sa vie la perd, et qui hait sa vie en ce monde la conservera en vie éternelle » (Jn 12,24).

En route, Foucauld récuse tout répit. Quelle est la volonté de Dieu ? Il ne cesse jamais d'être un explorateur. Il faut atteindre. Malgré les doutes ou les faiblesses, son don est total, absolu. Il veut devenir religieux, mais ne sait à quel ordre se vouer. Prêtre ? Apercevant à Fontgombault l'humble habit d'un frère convers, il s'enthousiasme pour la Trappe. Mais l'abbé Huvelin conseille d'abord à ce coureur de pistes d'aller traîner ses guêtres en Palestine. Sur les pas du Christ, entre Bethléem et le Golgotha, Foucauld collecte des fleurs, des brins d'herbes et des cailloux. En Galilée, sa vocation profonde lui apparaît, tissée d'obscurité, de travail manuel et de prière. Il veut imiter la vie cachée de Jésus à Nazareth.

De retour en France, Foucauld est admis à Notre-Dame-des-Neiges, dans l'Ardèche, filiale de la Trappe d'Aiguebelle. Six mois plus tard, vêtu de la robe blanche de Rancé, le frère Marie-Albéric quitte la France à destination du prieuré de Cheikhlé, près d'Akbès en Syrie. Ces quelques baraques, dans un vallon buissonneux, c'est encore trop. Sa référence : François d'Assise, et le dénuement des journées marocaines. En juin 1896, il projette un ordre dont l'objectif serait la vie de Nazareth, au milieu des non-chrétiens et des plus pauvres. L'abbé Huvelin lui répond par retour du courrier : « Votre règle est absolument impraticable. » Qu'à cela ne tienne, Foucauld obtient du général des Trappistes l'autorisation de s'engager comme homme à tout faire au couvent des Clarisses de Nazareth. Taisant son identité, celui qu'on appelle maintenant « frère Charles » vit en fellah, dans une cabane en planche au fond d'un jardin. Il travaille de ses mains, médite les Écritures, en attendant de créer « quelque chose de très simple, et de très peu nombreux, ressemblant à ces premières communautés très simples des premiers temps de l'Église ».

Lors de la persécution des Arméniens par les Turcs, en Syrie, il avait regretté de ne pouvoir porter le Christ à ses frères en péril. En 1901, il est ordonné prêtre. Un temps, il avait œuvré pour le rachat du mont des Béatitudes, en Terre sainte, où il aurait établi sa fraternité. Il se tourne maintenant vers le Maghreb, le Sud algérien, là où de très nombreux hommes ignorent Jésus. Avant tout, Foucauld est un missionnaire. À ceux qui l'ont ramené au Christ, il veut apporter le Christ. Son idée est de fonder « une zaouïa de prière et d'hospitalité ». Quelques pauvres moines y vivraient dans la simplicité de Nazareth, nourris du fruit de leur travail et de l'adoration du Saint Sacrement. À peine arrivé à Béni-Abbès, le Maroc voisin est l'objet de toutes ses prières. Il voudrait franchir à nouveau ses frontières, en avant-garde désarmée. Il a la conviction que les chrétiens ne sauraient obtenir de conversion future sans se convertir eux-mêmes, et devenir des saints.

Foucauld n'était pas un homme du Moyen Âge, égaré dans son siècle. Anticonformiste, il n'était pas fait pour la clôture. Il a aimé l'aventure, mais aussi le progrès, la science, la « rage laïque de comprendre ». Cet aristocrate, ce soldat par tradition, prend la République au mot : « Liberté, égalité, fraternité ». Y compris pour les sujets de l'Empire, les « indigènes de la République ». La colonisation était une réalité de son temps, il ne l'a pas esquivée. Mais il ne l'imaginait pas sans justice. Ses combats contre l'esclavage, contre les militaires indignes, en témoignent. Il anticipe les guerres de libération ; mais il considère également que ce mouvement historique a sa place dans le plan de Dieu. « Quand Auguste faisait faire un recensement, il ne savait pas que c'était pour conduire Joseph et Marie à Bethléem[1] », écrit-il à l'évêque du Sahara, Mgr Guérin. Aux officiers qu'il croise, il recommande de n'avoir que l'intérêt général pour guide.

Le malentendu serait de voir en Foucauld une sorte de *sâdhu* chrétien cherchant à se détacher du monde. Or, il ne cesse de se rapprocher de son prochain, le délaissé. Dans le désert, il trouve les hommes. Un jour, le capitaine Laperrine lui parle d'une femme touarègue du Hoggar. Elle aurait fait preuve d'une grande charité envers les rescapés de la mission Flatters, massacrée en 1881 alors qu'elle prospectait le tracé du Transsaharien. Comme le Maroc demeure fermé, Foucauld décide alors de se tourner vers les oasis du Sud. En janvier 1904, il appareille vers où l'Esprit le pousse, emportant la Sainte Réserve du tabernacle. Pour les Touaregs, le Père s'est trouvé un nom d'apôtre : Abd Issa, serviteur de Jésus. Établi à Tamanrasset, il travaille d'arrache-pied à la traduction des Évangiles en tamachek, à un dictionnaire touareg. Il enregistre la mémoire d'un peuple fragile. Le

---

1. L'empereur romain Octave Auguste (63 av. J.-C-14 ap. J.-C) avait ordonné un recensement dans toutes les provinces de l'Empire. Au moment de la naissance de Jésus, Joseph et Marie avaient donc dû se rendre à Bethléem en Judée, la ville du roi David, dont Joseph était un descendant.

voilà « du pays ». Contre les nobles, pillards et oisifs, il prend le parti de la classe plébéienne. Il se lie d'amitié avec l'aménokal des Hoggar, Moussa ag Amastane, homme « très intelligent, très ouvert, très pieux musulman, voulant le bien en musulman libéral », et se fait son conseiller politique.

Pourtant, au milieu du Sahara, la solitude est sa compagne. Lui qui se voulait fondateur d'ordre, il n'a pas réussi à attirer le moindre disciple. Les Touaregs le considèrent comme un homme de Dieu. Mais à Marie de Bondy, il confie le 7 septembre 1915 : « Il y aura demain dix ans que je dis la messe à Tamanrasset, et pas un seul converti ! Il faut prier, travailler et patienter. » Un jour, une femme noble avoua même à Laperrine « qu'elle et beaucoup de ses compagnes priaient Allah chaque jour pour que le marabout devienne musulman ». L'abbé Huvelin et Mgr Guérin sont morts depuis 1910. Au jeune orientaliste Louis Massignon, devenu son confident, il veut transmettre la flamme. « Aimer, c'est vouloir aimer », lui écrit-il. Depuis qu'à Noël 1907, il a été sauvé par les Touaregs après s'être écroulé de fatigue, Foucauld a compris qu'il ne serait pas le moissonneur. Et qu'il n'y aurait peut-être pas de récolte avant plusieurs siècles. Pour l'été, il s'est construit un ermitage à deux mille mètres d'altitude, à l'Asekrem, dans la beauté minérale des pics déchiquetés du Hoggar. En 1913, il crée une association pour l'établissement de chrétiens en terre d'Islam : l'Union des Frères et Sœurs du Sacré-Cœur de Jésus. À l'origine, elle ne comptait que quarante-neuf membres. Aujourd'hui, ils sont plusieurs milliers, disséminés dans le monde entier. Les moines de Tibhirine, les petites sœurs assassinées à Alger en novembre 1995 appartenaient à cette famille-là.

En 1914, la guerre éclate en Europe. Isolé à Tamanrasset, atteint de scorbut, le frère Charles de Jésus est comme un naufragé sur une île. En Tripolitaine, l'agitation gronde, menaçant de porter le *djihad* vers le Hoggar des Touaregs et des Français. L'ermitage est devenu un fortin où se réfugient les pauvres. Charles de Foucauld sera tué sur son seuil, le 1er décembre 1916, presque par accident, au cours d'un rezzou qui tourne mal. « Si le grain ne meurt… » Les deux lettres qu'il avait écrites le jour même, à sa cousine Marie et à Louis Massignon, évoquaient le nécessaire anéantissement de soi-même et la grandeur de servir.

Dans notre ancienne chrétienté qui a si peur de l'idée de Dieu, la mission mise en place par le Père de Foucauld prend des allures de prophétie. Le musulman, le touareg de Foucauld, c'est l'homme d'aujourd'hui. Si nous voulons conduire notre frère au Christ, il n'est d'autre chemin que celui, pauvre et patient, d'une conversion personnelle toujours recommencée. L'espérance est de mise, non la mélancolie ni l'imbécile aigreur. Car la première des défaites apparentes, nous rappelle Foucauld, c'est la Croix, l'instrument même de notre salut.

Note sur la présente édition

Les textes reproduits sont extraits des ouvrages suivants :

Charles de Foucauld, *Lettres à Henry de Castries*, Paris, Grasset, 1938.
—, *Œuvres spirituelles*, Paris, Seuil, 1958.
—, *Conseils évangéliques*, Paris, Seuil, « Directoire », 1961 (rééd. « Livre de vie », 2000).
—, *Lettres et Carnets*, Paris, Seuil, 1966 (rééd. « Livre de vie », 1995).
Denise et Robert Barrat, *Charles de Foucauld et la Fraternité*, Paris, Seuil, « Maîtres spirituels », 1958.
Jean-François Six, *Vie de Charles de Foucauld*, Paris, Seuil, 1962 (rééd. « Livre de vie », 2000).
Jean-François Six, *L'Aventure de l'amour de Dieu, 80 lettres inédites de Charles de Foucauld à Louis Massignon*, Paris, Seuil, 1993.

JESUS
✝
♡
CARITAS

La vocation de Nazareth

En juin 1901, Charles de Foucauld s'apprête à retrouver les marges du Sahara. Il vient d'être ordonné prêtre par Mgr Bonnet, évêque de Viviers, le diocèse où se trouve Notre-Dame-des-Neiges. Cela fait plus de quinze ans qu'il a effectué son expédition marocaine. À son retour, il avait été fêté en héros. La Société de géographie lui avait remis sa médaille d'or. Il s'était alors lié avec un pionnier des études françaises au Maghreb, le comte Henry de Castries, et lui avait offert le manuscrit de sa Reconnaissance au Maroc. *Puis il s'était engagé dans ce que son biographe, Jean-François Six, appelle « la dure lutte de la vocation, aussi sévère que celle de la mort ». Les deux lettres qui suivent sont donc adressées à un ami proche, mais perdu de vue depuis plusieurs années.*

Monastère de Notre-Dame-des-Neiges,
par La Bastide (Lozère), 23 juin 1901

Jésus

Mon Cher Ami,

Le silence du cloître n'est pas celui de l'oubli... Plus d'une fois, durant ces douze ans de bénie solitude, j'ai pensé à vous et prié pour vous... Récemment mon cousin Louis m'a donné de bonnes nouvelles de vous, qui m'ont été très douces...

C'est pour le bon Dieu que je garde le silence ; c'est aussi pour lui que je le romps aujourd'hui... Nous sommes quelques moines qui ne pouvons réciter notre Pater sans penser avec douleur à ce vaste Maroc où tant d'âmes vivent sans « sanctifier Dieu, faire partie de son royaume, accomplir sa volonté, ni connaître le pain divin de la Sainte Eucharistie », et sachant qu'il faut aimer ces pauvres âmes comme nous-mêmes, nous voudrions faire, avec l'aide de Dieu, tout ce qui dépend de notre petitesse pour porter vers elles la Lumière du Xrist[1] et faire tomber sur elles les rayons du Cœur de Jésus...

Dans ce but, pour faire en faveur de ces malheureux ce que nous voudrions qu'on fît pour nous, si nous étions à leur place, nous voudrions fonder sur la frontière marocaine, non pas une Trappe, non pas un grand et riche monastère, non pas une exploitation agricole, mais une

---

1. Graphie originelle du Père de Foucauld.

sorte d'humble petit ermitage, où quelques pauvres moines pourraient vivre de quelques fruits et d'un peu d'orge récoltés de leur mains, dans une étroite clôture, la pénitence et l'adoration du Saint Sacrement, ne sortant pas de leur clos, ne prêchant pas, mais donnant l'hospitalité à tout venant, bon ou mauvais, ami ou ennemi, musulman ou chrétien… C'est l'évangélisation, non par la parole, mais par la présence du Très Saint Sacrement, l'offrande du divin Sacrifice, la prière, la pénitence, la pratique des vertus évangéliques, la charité – une charité fraternelle et universelle partageant jusqu'à la dernière bouchée de pain avec tout pauvre, tout hôte, tout inconnu se présentant, et recevant tout humain comme un frère bien-aimé…

Quel point choisir pour tenter cette petite fondation ? – Le plus favorable au bien des âmes… un point où on puisse entrer en relation avec les Marocains… Le point le mieux placé pour faire coin, brèche, et pénétrer plus tard, de proche en proche… Le côté par lequel le Maroc est le plus abordable à l'évangélisation… Je crois que c'est le Sud… Il me semble donc qu'il faudrait se placer en quelque point d'eau *solitaire* entre Aïn-Sefra et le Touat… On donnerait une humble hospitalité aux voyageurs, aux caravanes, et aussi à nos soldats… Nous ne craignons ni la peine ni le danger, au contraire, nous les aimons et les souhaitons… Personne ne connaît mieux que vous cette région : j'ai donc recours à vous, et je vous prie de vouloir bien, vous qui m'avez toujours comblé de bontés, me faire encore cette grâce de m'indiquer quel point de l'extrême Sud vous semblerait le mieux situé pour un premier petit établissement.

Je recommande notre humble projet à vos prières, vous qui aimez tant l'Algérie et le Maroc. Daignez croire à ma très respectueuse et très dévouée affection.

Votre très humble serviteur en Jésus
†Fr. Charles de Jésus
(Charles de Foucauld)

Notre-Dame-des-Neiges, 14 août 1901

Mon Cher Ami,

(…) Mon cher ami, vous me disiez que votre foi avait été ébranlée. Laissez-moi vous dire que, quand on aime la vérité comme vous, et qu'on a tous les moyens de la connaître, on la trouve toujours : ainsi ma profonde affection n'a aucune inquiétude sur vous. Laissez-moi vous parler très simplement.

(…) Je commencerai, comme Euloge[1], par faire ma confession ; votre foi n'a été qu'ébranlée ; hélas la mienne a été complètement morte pendant des années : pendant douze ans, j'ai vécu sans aucune foi. Rien ne me paraissait assez prouvé ; la foi égale avec laquelle on suit des religions si diverses me paraissait la condamnation de toutes : moins qu'aucune, celle de mon enfance me semblait admissible avec son $1 = 3$ que je ne pouvais me résoudre à poser : l'islamisme me plaisait beaucoup,

---

1. Saint Euloge l'Hospitalier, confesseur du VIe siècle, originaire de la Thébaïde en Égypte.

avec sa simplicité, simplicité de dogme, simplicité de hiérarchie, simplicité de morale, mais je voyais clairement qu'il était sans fondement divin et que là n'était pas la vérité ; les philosophes sont tous en désaccord, je demeurais douze ans sans rien nier et sans rien croire, désespérant de la vérité et ne croyant pas à Dieu, aucune preuve ne me paraissant assez évidente… Tout ce qu'a dit Euloge de lui-même, je puis le dire de moi. Je vivais comme on peut vivre quand la dernière étincelle de foi est éteinte… Par quel miracle la miséricorde divine m'a-t-elle ramené de si loin ? Je ne puis l'attribuer qu'à une seule chose : la bonté infinie de Celui qui a dit de Lui-même : « *Quoniam Bonus, quoniam in saeculum misericordia ejus*[1] » et sa Toute-Puissance…

Pendant que j'étais à Paris, faisant imprimer mon voyage au Maroc, je me suis trouvé avec des personnes très intelligentes, très vertueuses et très chrétiennes ; je me suis dit – pardonnez mes expressions, je répète tout haut mes pensées – « que peut-être cette religion n'était pas absurde » ; en même temps une grâce intérieure extrêmement forte me poussait ; je me mis à aller à l'église, sans croire, ne me trouvant bien que là et y passant de longues heures à répéter cette étrange prière : « Mon Dieu, si Vous existez, faites que je Vous connaisse »… L'idée me vint qu'il fallait me renseigner sur cette religion, où peut-être se trouvait cette vérité dont je désespérais ; et je me dis que le mieux était de prendre des leçons… Comme j'avais cherché un bon

---

1. « (Louez Yahweh) parce qu'Il est bon, parce que Sa Miséricorde est éternelle » (Ps 118).

thaleb pour m'enseigner l'arabe, je cherchais un prêtre instruit pour me donner des renseignements sur la religion catholique... On me parla d'un prêtre catholique très distingué, ancien élève de l'École normale ; je le trouvai à son confessionnal et lui dis que je ne venais pas me confesser, car je n'avais pas la foi, mais que je désirais avoir quelques renseignements sur la foi catholique... Le Bon Dieu qui avait commencé si puissamment l'œuvre de ma conversion, par sa grâce intérieure si forte qui me poussait presque irrésistiblement à l'église, l'acheva : le prêtre, inconnu pour moi, à qui Il m'avait adressé, qui joignait à une grande instruction une vertu et une bonté plus grandes encore, devint mon confesseur et n'a cessé d'être, depuis les quinze ans qui se sont écoulés depuis ce temps, mon meilleur ami[1]...

Aussitôt que je crus qu'il y avait un Dieu, je compris que je ne pouvais faire autrement que de ne vivre que pour Lui : ma vocation religieuse date de la même heure que ma foi : Dieu est si grand. Il y a une telle différence entre Dieu et tout ce qui n'est pas Lui... Dans les commencements la foi eut bien des obstacles à vaincre ; moi qui avais tant douté, je ne crus pas tout en un jour ; tantôt les miracles de l'Évangile me paraissaient incroyables ; tantôt je voulais entremêler des passages du Coran dans mes prières. Mais la grâce divine et les conseils de mon confesseur dissipèrent ces nuages... Je désirais être religieux, ne vivre que pour Dieu et faire ce qui était le plus parfait, quoi que ce fût... Mon confesseur me fit attendre trois ans ; moi-même, tout en désirant « m'exhaler devant

---

1. Il s'agit bien sûr de l'abbé Henri Huvelin (1830-1910).

Dieu en pure perte de moi », comme dit Bossuet, je ne savais quel ordre choisir. L'Évangile me montra que le « premier commandement est d'aimer Dieu de tout son cœur » et qu'il fallait tout enfermer dans l'amour ; chacun sait que l'amour a pour premier effet l'imitation ; il restait donc à entrer dans l'ordre où je trouverais la plus exacte imitation de JÉSUS. Je ne me sentais pas fait pour imiter Sa vie publique dans la prédication ; je devais donc imiter la vie cachée de l'humble et pauvre ouvrier de Nazareth. Il me semblait que rien ne me présentait mieux cette vie que la Trappe. J'aimais très tendrement ce que le Bon Dieu m'avait laissé de famille ; je voulais faire un sacrifice pour imiter Celui qui en a tant fait, et je partis, il y a près de douze ans, pour une Trappe d'Arménie. J'y passai six ans et demi ; puis, désirant, pour ressembler encore à JÉSUS, un dénuement plus profond et une abjection plus grande, j'allai à Rome et j'obtins du général de l'Ordre la permission de me rendre seul à Nazareth et d'y vivre inconnu, en ouvrier, de mon travail quotidien ; je restai là plus de quatre ans, dans une retraite, une solitude, un recueillement béni, jouissant de cette pauvreté et de cet abaissement que Dieu m'avait fait si ardemment désirer pour L'imiter. Il y a juste un an, j'ai repris le chemin de la France, sur les conseils de mon confesseur, afin d'y recevoir les Saints Ordres ; je viens d'être ordonné prêtre et je fais des démarches pour aller continuer dans le Sahara « la vie cachée » de JÉSUS à Nazareth, non pour prêcher, mais pour vivre dans la solitude, la pauvreté, l'humble travail de JÉSUS, tout en tâchant de faire du bien aux âmes, non par la parole, mais par la prière, l'offrande du Saint Sacrifice, la pénitence, la pratique de la charité… Peut-être quand vous recevrez ceci ne serais-je plus en France, car le Père Blanc [1], évêque du Sahara, vient d'être nommé, et s'il ne met pas veto à mon projet, il peut m'appeler à Alger pour s'entendre avec moi… Aussitôt que j'aurai les autorisations ecclésiastiques, j'aurai recours à vous avec une grande reconnaissance.

Pourquoi cette longue confession, mon cher ami ? Parce que, d'après les deux lettres que vous avez eu la grande bonté de m'écrire, il m'a semblé qu'il y a quelques traits très légers de ressemblance entre votre état d'esprit et celui où j'étais il y a quinze ans – très, très légers, bien heureusement : car votre foi n'est qu'un peu ébranlée, tandis que la mienne était morte, et surtout votre vie est toute de vertu et de bonnes œuvres, tandis que la mienne était hélas tout le contraire…

Cette paix infinie, cette lumière radieuse, ce bonheur inaltérable dont je jouis depuis douze ans, vous les trouveriez en marchant dans le chemin que le Bon Dieu m'a fait suivre ; prier, prier beaucoup ; prendre un bon confesseur, choisi avec grand soin, et suivre soigneusement ses conseils, comme on suit ceux d'un bon professeur ; lire, relire, méditer l'Évangile et s'efforcer de le pratiquer. Avec ces trois choses vous ne pouvez manquer d'arriver rapidement à cette lumière qui transforme toutes les choses de la vie et fait de la terre un ciel, en y unissant notre volonté et celle de Dieu…

---

1. Prêtre de la Société des missionnaires d'Afrique, fondée en 1868 par l'archevêque d'Alger, Mgr Lavigerie. Les Pères Blancs portaient un vêtement blanc inspiré du costume local, d'où leur nom.

De 1888 à 1901, pèlerin de Terre sainte, trappiste a Notre-Dame-des-Neiges, à Cheikhlé en Syrie, puis simple domestique du couvent des Clarisses à Nazareth, Foucauld n'a cessé de creuser sa voie, d'explorer sa vocation. Assez tôt, il a le sentiment que les structures existantes ne lui conviennent pas.

(...) N'y aurait-il pas moyen de former une petite congrégation pour mener cette vie, pour vivre uniquement du travail de nos propres mains, comme faisait Notre-Seigneur qui ne vivait pas de quêtes, ni d'offrandes, ni du travail d'ouvriers étrangers qu'Il se contentait de diriger ? Ne pourrait-on pas trouver quelques âmes pour suivre Notre-Seigneur en cela, pour Le suivre en suivant tous ses conseils, en renonçant absolument à toute propriété, pas plus collective qu'individuelle, et par conséquent en défendant absolument ce que Notre-Seigneur défend, tout procès, toute contestation, toute réclamation, se faisant un devoir absolu de l'aumône, quand on a deux habits, en donner un, quand on a à manger, en donner à ceux qui n'en ont pas, sans se réserver rien pour le lendemain... tous les exemples de la vie cachée, et tous les conseils sortis de Sa bouche... une vie de travail et de prières, pas deux sortes de religieux comme à Cîteaux, une seule comme le voulait saint Benoît[1]...

---

1. À partir du XIIe siècle, chez les Cisterciens (Cîteaux) et les Chartreux, des religieux appelés frères convers ont été chargés des travaux manuels. Souvent illettrés, d'origine paysanne, ils assuraient

point la liturgie compliquée de saint Benoît... mais longue oraison, rosaire, Sainte Messe ; notre liturgie ferme la porte de nos couvents aux Arabes, Turcs, Arméniens, etc., qui sont bons catholiques mais ne savent pas un mot de nos langues, et je voudrais tant voir de ces petits nids de vie fervente et laborieuse, reproduisant celle de Notre-Seigneur, s'établir sous sa protection, et sous la garde de Marie et de Joseph, près de toutes ces missions d'Orient si isolées, pour offrir un refuge aux âmes des gens de ces pays que Dieu appelle à Le servir et à L'aimer uniquement... !

Lettre à l'abbé Huvelin, 22 septembre 1893

(...) Bethléem n'est qu'à huit kilomètres de Jérusalem. Quand on est en Palestine, cela frappe douloureusement : après avoir passé la Noël de 1888 à Bethléem, avoir entendu la messe de minuit et reçu la sainte communion dans la grotte, au bout de deux ou trois jours, je suis retourné à Jérusalem. La douceur que j'avais éprouvée à prier dans cette grotte qui avait résonné des voix de Jésus, de Marie et de Joseph, où j'étais si près d'eux, avait été indicible... Mais, hélas ! Après une heure de marche, le dôme du Saint-Sépulcre, le Calvaire, le mont

---

l'exploitation des grands domaines monastiques. Ne récitant que les prières usuelles, ils ne chantaient pas l'office dans le chœur et n'avaient pas voix au chapitre. Benoît de Nursie (vers 480-vers 550) est le père des moines d'Occident, auteur de la *Règle* que suivent les Bénédictins des diverses observances.

des Oliviers se dressaient devant moi, il fallait qu'on le veuille ou non, changer de pensées et se retrouver au pied de la Croix.

Lettre à un ami trappiste, 21 décembre 1896

La Congrégation des Petits Frères de Jésus a un double but :

1° Reproduire aussi fidèlement que possible la vie de Notre-Seigneur Jésus-Christ à Nazareth parce que le plus grand amour de Notre-Seigneur et la plus grande perfection se trouvent dans l'imitation de ce Maître bien-aimé.

2° Mener cette vie en pays infidèles, musulmans ou autres, par amour de Notre-Seigneur, dans l'espoir de donner notre sang pour son Nom ; et par amour des hommes, dans l'espoir de faire du bien par notre présence, par nos prières ; et surtout par la présence du Saint Sacrement, à ces frères si infortunés et si lamentablement aveuglés.

Nous voulons nous attacher à reproduire la vie cachée de Notre-Seigneur, comme saint François d'Assise s'est attaché à reproduire sa vie publique. Notre vie est partagée entre la prière et le travail, la première ayant toujours le pas sur le deuxième. Petits, ignorants, illettrés, souvent étrangers aux langues européennes, nous ne pouvons songer à réciter le Saint-Office. Nous le remplaçons par l'adoration du Saint Sacrement exposé, l'oraison, la récitation du Saint Rosaire.

Nous prions matin et soir devant le Saint Sacrement exposé ; le jour est consacré au travail.

*Extrait d'un projet de règle nouvelle,
terminé à la Trappe Notre-Dame-
du-Sacré-Cœur d'Akbès,
le 14 juin 1896*

Je crois que c'est ma vocation de descendre… toutes les portes me sont ouvertes, pour cesser d'être religieux de chœur et descendre au rang de familier et de valet. J'ai reçu hier cette nouvelle de la bouche même de mon bon, excellent Père général, dont la bonté pour moi me touche tant !… Mais là où j'ai eu besoin d'obéissance, c'est qu'avant qu'il ait pris cette décision, j'avais promis au Bon Dieu de faire tout ce que me dirait mon Père révérendissime, à la suite de l'examen de ma vocation auquel il allait se livrer, et tout ce que me dirait mon confesseur. De sorte que si l'on m'avait dit : « vous allez faire vos vœux solennels dans dix jours, et ensuite vous recevrez les Saints Ordres », j'aurais obéi avec joie, certain que j'aurais fait la volonté de Dieu… (…) Et maintenant encore je suis entre les mains de Dieu et de l'obéissance. J'ai demandé où il faudra aller en partant d'ici, dans quelques jours : ce sera en Orient ; le Bon Dieu me le dira par la voix de mon directeur…

Lettre à un trappiste, le 24 janvier 1897

Par exception, Charles de Foucauld a été autorisé à abandonner l'habit de son ordre pour vivre sa vocation sur les lieux mêmes de la vie cachée de Jésus, à la porte du couvent des Clarisses de Nazareth. Plus que jamais, il est à la recherche de Dieu. Il a pris l'habitude de méditer en écrivant. Sans cesse, il lit et commente l'Ancien et le Nouveau Testament. Parfois, il laisse la parole directement à Jésus.

Et considère la vie que je t'ai faite : est-il possible d'avoir plus exactement ma vie cachée ? Tu l'as dans ses grandes lignes et dans ses plus petits détails. Il ne t'a pas suffi de celle de la Trappe. Jusqu'à quelle perfection ne l'as-tu pas ! Comme je t'ai gâté ! Tu l'as à Nazareth, inconnu, pauvre sans mesure, abject, avec ta blouse et tes sandales, pauvre valet de pauvres religieuses, les uns te prenant pour un ouvrier de la plus basse condition, les autres pour un déclassé, quelques-uns peut-être pour le fils d'un malfaiteur, la plupart, à peu près tous, pour un fou ; tu obéis, tu obéis aux religieuses, aux tourières, comme Moi à mes parents ; tu ne commandes à personne, personne, tu travailles, tu fais ce qu'on te dit, tantôt ceci tantôt cela, jamais rien pour toi, ni rien de ton choix, tu as ton temps divisé en travail, prière et saintes lectures comme l'était le mien, et ce temps est réparti de la même manière que le mien, selon ce que tu as pensé le plus conforme à ma manière de faire, et selon l'obéissance à ton Directeur qui a approuvé toute ta répartition de prières, lectures et travaux ; « qui l'écoute m'écoute », tu m'imites en tout, et en obéissant à tout instant à mon père, en obéissant à tout instant à ton Directeur, et en ce qu'il te commande de faire ce que je faisais, d'être ce que j'étais, de vivre où je vivais, d'être mon image en tout, et par le lieu où tu es, et par la vie que tu mènes, et surtout par ton âme.

Méditations sur les fêtes de l'année,
17 juin, fête du Sacré-Cœur de Jésus

(…) Moïse ne se présente pas de lui-même à Dieu pour sauver son peuple, bien qu'il l'aimât, qu'il fût courageux et que le peuple eût grand besoin d'un sauveur ; loin de là, il se retire humblement dans la solitude… Faisons de même : attendons l'appel de Dieu, ne le devançons pas, puisqu'il est certain que Dieu n'a nul besoin de nous, et que nous ne savons pas s'Il veut se servir de nous pour l'œuvre qui nous paraît désirable. Et quand Dieu appelle Moïse, Moïse a une extrême répugnance à lui obéir, ce qui nous montre que le désir de faire une chose n'est pas la preuve de l'appel de Dieu, comme la répugnance, même très vive, à faire une chose ne prouve pas que Dieu ne la demande pas de nous… Attendons donc l'ordre de Dieu sans le devancer, comme Moïse. Et quand nous le recevons, obéissons, malgré nos répugnances et malgré l'apparente impossibilité de l'exécuter, comme Moïse.

Méditations sur l'Ancien Testament

Rassemblées, ses notes éparses forment une sorte de Journal de route. Il y consigne les découvertes de chaque jour, mais aussi ses doutes, ses faiblesses. « Pense que tu dois mourir martyr », écrit-il, par une sorte d'intuition prophétique.

Mon Dieu, qu'est-ce qui vous déplaît le plus en mon âme ?

L'esprit de prière, la confiance en Vous, l'amour, la douceur, la fidélité, la générosité me manquent.

Jésus n'est pas content de moi… Sécheresse et ténèbres : tout m'est pénible ; Sainte Communion, prière, oraison, tout, tout, même de dire à Jésus que je L'aime… Il faut que je me cramponne à la vie de foi. Si au moins je sentais que Jésus m'aime. Mais Il ne me le dit jamais.

Notes détachées diverses

Tu me demandes en quoi tu M'offenses le plus ? En ne M'aimant pas assez purement, assez uniquement, en t'aimant et en aimant les créatures pour toi et pour elles.

Ne fais rien pour toi, rien pour les créatures, par amour de toi, par amour d'elles ; en tout ce que tu as à faire, ne vois que Moi seul : en tout, demande-toi uniquement ce qu'aurait fait le Maître, et fais-le. Ainsi tu M'aimeras seul, ainsi Je vivrai en toi, ainsi tu seras perdu en Moi, tu vivras en Moi, tu n'auras plus rien de toi, mon règne sera arrivé en toi.

Notes détachées diverses

Ta vocation : Prêcher l'Évangile en silence comme Moi dans ma vie cachée, comme Marie et Joseph.

Ta règle : Me suivre. Faire ce que Je ferais. Demande-toi en toute chose : « Qu'aurait fait Notre-Seigneur ? » et fais-le. C'est ta seule règle, mais ta règle absolue.

Ton esprit : Esprit d'amour de Dieu et d'oubli de toi dans la contemplation et la joie de Son bonheur, la compassion et la douleur de Mes souffrances et la joie de Mes joies, dans la douleur des péchés commis contre Moi et l'ardent désir de Me voir glorifié par toute âme.
Esprit d'amour du prochain, en vue de Moi qui aime tous les hommes comme un père ses enfants, et désir en vue de Moi du bien spirituel et matériel de tous les hommes.
Liberté d'esprit, tranquillité, paix. Tout en vue de Dieu seul, rien en vue de toi ni d'aucune créature.

Ton oraison : 1e méthode : Qu'avez-vous à me dire, mon Dieu ? – Moi, voici ce que j'ai à vous dire. Ne plus parler, regarder le Bien-Aimé.
2e méthode : *Quis, quid, ubi, quibus auxiliis, cur, quomodo, quando*[1].

---

1. Détournement d'une locution latine, l'Hexamètre mnémotechnique de Quintilien : « Qui ? Quoi ? Avec quels moyens ? Pourquoi ? Comment ? Quand ? » Habituellement considéré comme le garde-fou de tous les bons enquêteurs.

Ton assistance à la Messe : Divise-la en trois parties :

1° Jusqu'à la consécration : Offre-Moi et offre-toi à mon Père et recommande-Lui tes intentions. Remercie-Moi de ma croix, demande-Moi pardon de l'avoir rendue nécessaire.

2° De la consécration à la communion : Adore-Moi sur l'autel.

3° Après la communion : Adore-Moi dans ton cœur, remercie-Moi, aime-Moi, jouis, tais-toi.

Ta pensée de la mort : Pense que tu dois mourir martyr, dépouillé de tout, étendu à terre, nu, méconnaissable, couvert de sang et de blessures, violemment et douloureusement tué… et désire que ce soit aujourd'hui !

Pour que je te fasse cette grâce infinie, sois fidèle à veiller et à porter la croix. Considère que c'est à cette mort que doit aboutir toute ta vie ; vois par là le peu d'importance de bien des choses. Pense souvent à cette mort pour t'y préparer et pour juger les choses à leur vraie valeur.

Ton travail : Travaille en disant des Ave Maria pour ton prochain à diverses intentions. N'allonge pas trop la liste, mais fais ce genre de prières pendant le travail et les allées et venues, et ne les fais que là. Dans tes Ave, réunis les intentions cinq par cinq pour être moins distrait, et ne pense ni à ceux pour qui tu pries ni aux paroles que tu dis, mais à Moi et à la Sainte Vierge en présence de qui tu es, que tu regardes, à qui tu parles en travaillant.

Travaille après avoir fait largement ta demi-heure d'action de grâces après la communion et ne cesse qu'au crépuscule. Prends seulement le temps du repas et du chemin de Croix. Travaille bien : tâche de soulager en tout les sœurs comme moi la très Sainte Vierge. Laisser le travail pour la prière serait une faute contre la pauvreté et contre la charité, et ce ne serait pas M'imiter.

Prières pour le prochain : Ne fais pas de longues prières pour les particuliers. Je t'entends, Je t'aime, J'aime ces âmes pour qui tu pries. Recommande-les Moi souvent, mais pas longuement, à la Messe, dans certaines oraisons – tu peux leur faire une petite place dans tes oraisons pour tous les hommes, – dans tes prières du matin et du soir, enfin dans les Ave des allées et venues, et du travail. Applique pour eux des communions, des prières et des mortifications supplémentaires. Mais n'ôte jamais à ce que tu as donné au Saint-Père, donne-Lui au contraire de plus en plus ; que Lui et Ses intentions soient de plus en plus la mer où aboutissent toutes tes prières, pénitences, mérites.

Méditations par écrit : Fais-les en grande liberté d'esprit, piété et paix, pieusement et sans te presser, sans tenir absolument à achever toutes les méditations chaque jour ; fais-les longues ou courtes, suivant la grâce ; ce que tu ne feras pas aujourd'hui, tu le feras demain. Ce sont des prières. Suis la grâce. Ferveur et paix.

Lorsque nous sommes très tentés contre une vertu, cela veut dire que Dieu veut que nous pratiquions avec une perfection particulière cette vertu-là. Il nous y exerce par les tentations pour nous y faire exceller. La tentation, c'est seulement le moyen employé par Dieu pour nous former à telle ou telle vertu. Ainsi courage ! Si nous sommes tentés de tiédeur, c'est que Dieu veut nous élever à un degré particulièrement haut d'amour de Lui. Si nous sommes tentés de froideur envers le prochain, c'est que Dieu veut nous rendre particulièrement aimant envers tous les hommes, etc. C'est une vérité qu'il ne faut pas oublier, car elle est aussi consolante et fortifiante que vraie.

Notes détachées diverses

Il importe presque autant de ne pas lire d'auteurs médiocres que d'en lire d'excellents ; on devient semblable à ceux avec qui on vit. Vivez familièrement avec un grand saint et un grand esprit, votre cœur deviendra chaud comme le sien, votre foi vive comme la sienne, votre esprit s'élèvera à la suite du sien. Lisez des auteurs de sainteté et d'esprit médiocres, votre cœur et votre foi se refroidiront, votre esprit s'abaissera avec les leurs.

Mettez de l'orge au moulin, vous aurez de la farine d'orge, mettez du froment, vous aurez de la farine de froment. Ainsi des lectures : la lecture des grands saints et des grands docteurs vous remplira de pensées excellentes, la lecture des médiocres vous remplira de pensées médiocres.

N'ayons donc aucune relation avec les auteurs de

sainteté ou d'esprit médiocres, ne vivons qu'avec les grands saints ou les grands esprits.

Notes détachées diverses

C'est toujours pour notre salut que Dieu fait ou permet tout ce qui nous arrive : tout doit contribuer à notre sanctification.

* * *

Obéir comme la Sainte Famille : un ordre subit, au milieu de la nuit, arrive de faire une chose presque impossible : un long voyage à pied, en plein hiver, dans des déserts dangereux ; obéissance immédiate avec foi en Dieu qui donne le moyen de faire ce qu'Il commande.

* * *

Dieu construit sur le néant. C'est par sa mort que Jésus a sauvé le monde ; c'est par le néant des apôtres qu'Il a fondé l'Église ; c'est par la sainteté et dans le néant des moyens humains que le ciel s'acquiert et que la foi se propage.

* * *

Toutes choses égales d'ailleurs, préférer l'abjection à l'honneur, le délaissement au fait d'être entouré, la pénurie à l'abondance, pour être plus semblable à Jésus.

* * *

Toutes choses égales d'ailleurs, aimer mieux être faible que fort, dédaigné que considéré, repoussé que recherché, pour être plus semblable à Jésus.

* * *

Toutes choses égales d'ailleurs, préférer la solitude à la société, le silence à la parole, la vie cachée à la vie publique, pour être plus semblable à Jésus.

* * *

Il vaut mieux être humble avec une intelligence et des lumières bornées, que savant et se complaire en soi-même.

* * *

Faire du salut des âmes en vue de Dieu, du salut de notre âme et de celle du prochain, le but de notre vie. Sauver les âmes par la sainteté, le sacrifice, l'exemple, la parole.

* * *

Vous m'avez montré en ceci votre Amour : je n'étais pas ; et Vous m'avez créé ; j'errais loin de Vous, Vous m'avez ramené pour Vous suivre, et commandé de Vous aimer.

Notes détachées diverses

Toute notre vie, si muette qu'elle soit, la vie de Nazareth, la vie du désert, aussi bien que la vie publique, doivent être une prédication de l'Évangile par l'exemple ; toute notre existence, tout notre être doit crier l'Évangile sur les toits ; toute notre personne doit respirer Jésus, tous nos actes, toute notre vie doivent crier que nous sommes à Jésus, doivent présenter l'image de la vie évangélique ; tout notre être doit être une prédication vivante, un reflet de Jésus, un parfum de Jésus, quelque chose qui crie Jésus, qui fasse voir Jésus, qui brille comme une image de Jésus…

314ᵉ méditation sur l'Évangile

(…) Il faut passer par le désert et y séjourner pour recevoir la Grâce de Dieu : c'est là qu'on se vide, qu'on chasse devant soi tout ce qui n'est pas Dieu et qu'on vide complètement cette petite maison de notre âme pour laisser toute la place à Dieu seul. Les Hébreux ont passé par le désert, Moïse y a vécu avant de recevoir sa mission, saint Paul, saint Jean Chrysostome se sont aussi préparés au Désert… C'est indispensable… C'est un temps de grâce, c'est une période par laquelle toute âme qui veut porter des fruits doit nécessairement passer. Il lui faut ce silence, ce recueillement, cet oubli de tout le créé, au milieu desquels Dieu établit son règne et forme en elle l'esprit intérieur. La vie intime avec Dieu, la conversation de l'âme avec Dieu dans la foi, l'espérance et la charité. Plus tard l'âme produira des fruits exactement dans la mesure où l'homme intérieur se sera formé en elle. Si cette vie intérieure est nulle, il y aura beau avoir du zèle, de bonnes intentions, beaucoup de travail, les fruits sont nuls : c'est une source qui voudrait donner de la sainteté aux autres, mais qui ne peut ne l'ayant pas : on ne donne que ce qu'on a et c'est dans la solitude, dans cette vie seul avec Dieu seul, dans ce recueillement profond de l'âme qui oublie tout le créé pour vivre seule en union avec Dieu, que Dieu se donne tout entier à celui qui se donne ainsi tout entier à Lui. Donnez-vous tout entier à Lui seul ; et Il se donnera tout entier à vous. En cela ne craignez pas d'être infidèle envers les créatures. C'est au contraire le seul moyen pour vous de les servir efficacement. Regardez saint Paul, saint Benoît, saint Patrice, saint Grégoire le Grand, tant d'autres, quel long temps de recueillement et de silence. Montez plus haut : regardez saint Jean-Baptiste, regardez Notre-Seigneur. Notre-Seigneur n'en avait pas besoin mais il a voulu nous donner l'exemple. Rendez à Dieu ce qui est à Dieu.

Lettre au Père Jérôme,
trappiste de Notre-Dame-des-Neiges,
le 19 mai 1898

Plus nous embrassons la Croix,
plus nous étreignons étroitement
Jésus
qui y est attaché.

Plus tout nous manque sur terre,
plus nous trouvons
ce que peut nous donner de meilleur la terre :
la Croix.

Vis comme si tu devais mourir martyr aujourd'hui.

Diaire

Le marabout chrétien

À partir de septembre 1901, Charles de Foucauld est à pied d'œuvre. Il est désormais installé dans l'oasis de Béni-Abbès, entre une hamada semée de pierres et un désert de sable. Il ne veut pas être ermite mais fondateur d'ordre ; il rêve d'attirer dans cet avant-poste des frères et sœurs qui mèneraient à ses côtés la vie de Nazareth.

Aux portes du Maroc, il a découvert que l'esclavage est toujours en vigueur, car les autorités françaises le tolèrent. Scandalisé, il remue ciel et terre pour que ses supérieurs demandent l'abolition de cet archaïsme. Mgr Guérin, Père blanc, venait d'être nommé préfet apostolique de Ghardaïa. Foucauld l'aimait beaucoup et lui écrivait souvent.

(…) Entrer en longs détails sur les mauvais traitements subis par les esclaves de la Saoura[1] et des oasis

---

1. Région du Sud-Ouest algérien, qui constitue la limite ouest du Grand Erg occidental, et où se trouve le *ksar* de Béni-Abbès (village fortifié proche d'une oasis).

me semble mal aborder la question. Ils sont mal traités, c'est vrai, mais qu'ils le soient bien ou mal, le grand mal, la grande injustice, c'est qu'ils soient esclaves !

(…) C'est à la lettre que « rien n'est changé dans l'esclavage ». Non seulement ceux qui sont esclaves le restent, mais on en achète, on en vend chaque jour au vu et au su des Bureaux arabes qui, malgré les regrets personnels et intérieurs de ces braves officiers, se croient obligés à cette attitude par la discipline et les ordres reçus.

L'esclavage ici est d'autant plus injuste – il l'est toujours : nous sommes tous fils d'Adam ! et « fais à autrui ce que tu veux qu'on te fasse ». (…) Mais outre cette injustice énorme et monstrueuse qui est toujours au fond de l'esclavage, il y en a ici une particulière : très peu d'esclaves sont fils d'esclaves, presque tous sont des enfants volés soit au Soudan, soit au Touat, à 5, 10, 15 ans… Quelques cavaliers partent d'ici (ils ne le font plus, cela depuis l'occupation française, mais ils gardent les fruits de leurs vols précédents), vont au Touat, s'embusquent près d'un village, et quand femmes et enfants sortent pour aller au bois, tombent sur eux, les emmènent et les vendent au retour : voilà l'origine de la plupart des esclaves de la Saoura. C'est non seulement l'esclavage, c'est le vol des enfants, le rapt de toute personne que sanctionne ici l'autorité française.

L'esclavage a poussé ici à ses extrêmes limites de barbarie : dans certains pays, les esclaves musulmans sont assez bien traités (l'esclavage n'en est pas moins monstrueux) : ici la rigueur de l'esclavage est telle qu'aucune famille n'est possible à ces malheureux : si un esclave se marie, les enfants appartiennent aux maîtres des parents qui les vendent, en si bas âge qu'ils soient, quand cela leur plaît…

Mon bien-aimé et vénéré père, je me crois obligé par la parole de Jésus : « Fais à autrui ce que tu voudrais qu'on te fît », à faire ce que je puis pour ces pauvres âmes qui sont mes enfants et bien plus encore les vôtres.

Ce n'est pas seulement leur bien temporel qui est en jeu, c'est leur vie éternelle, car si l'un d'eux était connu comme converti au christianisme, ses maîtres, tout-puissants sur lui, l'empêcheraient de jamais remettre les pieds chez moi, et que deviendrait cette frêle fleur de foi ? (…) L'autorité française permet tout aux maîtres sauf de les tuer ou de les maltraiter au point de les rendre gravement malades… Mais les esclaves craignent tout de leurs maîtres, tout sans exception, sachant que l'autorité ignorera toujours ce qui se passe au fond d'une tente dans l'erg.

On dit : les esclaves sont nécessaires dans ce pays… On en a besoin pour la culture… Sans eux les oasis périraient. C'est très inexact. Beaucoup d'oasis, et les plus prospères, n'ont aucun ou quasi aucun esclave… (À Mazzir, il n'y en a pas un ; ici il y en a huit ou neuf, etc.) Ceux qui ont énormément d'esclaves, ce sont les nomades et les marabouts ; les uns et les autres ne travaillent jamais, passent leur vie entière dans l'oisiveté et se soulèvent contre nous à la première occasion. En libérant leurs esclaves, on les fera travailler un peu, ce qui les améliorera dans la même proportion et les rendra plus soumis : cela n'aurait donc que des avantages. Cela n'eût-il aucun de ces réels avantages, et cela aurait-il tous les faux inconvénients mis en avant, il faudrait encore délivrer les esclaves et proches cousins, si cela est conforme au divin principe : « Fais à autrui ce que tu voudrais qu'on te fît. »

Lettre à Mgr Guérin, 28 juin 1902

Quand Charles de Foucauld le put, il racheta des esclaves de ses propres deniers.

Je soussigné déclare avoir acheté de Mohammed et de Rziq, fils tous deux d'Oumbarek bou Rziq (tribu des Tenanma-ouad Saoura) le nommé Paul Bonita, à qui j'ai donné la liberté pour l'amour de Notre-Seigneur Jésus-Christ. À Lui gloire dans tous les siècles. Donné à Béni-Abbès (ouad Saoura) le 27 février 1903.

Fr. Charles de Jésus

Témoins arabes de la vente de Saloum, esclave des Rebanma : liste écrite par M. l'Adjudant Joyeux.
Témoins du paiement : R'Zigue ben Embarek, Boudjemmah ouled Moussa, Hamed ben Mébrouk, Hamed ben Mazaizi, El Hachemi ouled Moktar.

Mahomet binqurom Emett Binssadec a vendu le petit Salême pour le Père 225 francs, le 12 juillet 1902. Il y a comme témoin : 1° Mohamet Masangue ; 2° Bin Mohamed Binçir ; 3° Mahomet Benadalat.

Actes de rachats d'esclaves effectués par le Frère Charles de Jésus

Dans sa « zaouïa de prière et d'hospitalité », le père de Foucauld veut être à équidistance de la garnison et du douar de Béni-Abbès, des colonisateurs et des colonisés. Si sa vie est une vie de prière, dont l'austérité n'a rien à envier à celle de la Trappe, elle est aussi tournée vers les autres, tous les autres, et en priorité les plus pauvres, les plus vulnérables.

(…) Vous me demandez un résumé de ma vie – au spirituel, au temporel, de toute manière. Un mot peut la résumer : je me conforme en tout – de mon mieux (complètement est impossible, étant seul) – au règlement qui est entre vos mains.

Lever à 4 heures (quand j'entends le réveil sonner ; ce n'est pas toujours), Angélus, Veni Creator, prime et tierce, messe, action de grâces. À 6 heures (quelques dattes ou figues) et discipline. Tout de suite après, une heure d'adoration du Très Saint Sacrement. Puis le travail manuel (ou l'équivalent : la correspondance, des copies de diverses choses, extraits d'auteurs à conserver, lecture faite à haute voix ou explication du catéchisme à l'un ou à l'autre) jusqu'à 11 heures. À 11 heures, sexte et none, un peu d'oraison, examen particulier jusqu'à 11 h 30, à 11 h 30 : dîner. Midi : Angelus et Veni Creator (ce dernier est chanté : vous rirez quand vous m'entendrez chanter : sans le vouloir j'ai certainement inventé un air nouveau).

L'après-midi est tout entière au Bon Dieu, au Saint Sacrement, sauf une heure consacrée aux causeries nécessaires, réponses données ici et là, cuisine, sacristie, etc. Nécessités du ménage et des aumônes. Cette heure se répartit sur toute la journée. De midi à midi et demi : adoration, de 12 h 30 à 1 h 30 : chemin de Croix, quelques prières vocales, lecture d'un chapitre de l'Ancien et d'un chapitre du Nouveau Testament, d'un chapitre de l'Imitation[1] et de quelques pages d'un auteur spirituel (sainte Thérèse, saint Jean de la Croix, saint Jean Chrysostome se succèdent perpétuellement), de 1 h 30 à 2 heures : méditation écrite du Saint Évangile, de 2 heures à 2 h 30 : théologie morale ou dogmatique, de 2 h 30 à 3 h 30 : c'est le moment où je fais la lecture à un jeune nègre de 15 à 16 ans que j'ai depuis quinze jours et qui dit vouloir se convertir : c'est le meilleur moment de la journée après la messe et la nuit : le travail est fini ; et je me dis qu'il n'y a plus qu'à regarder Jésus... C'est une heure pleine de douceur.

À 5 h 30 : vêpres. À 6 heures : collation. Paul (mon enfant de 15 ans) et Abd Jésu mangent avec moi le soir sur une natte, au milieu de la cour ; à 1 h 30 ils dînent et je leur lis pendant le repas (Évangile et catéchisme) ; à 3 heures : ils goûtent et je leur parle du Bon Dieu, leur lis un peu d'histoire sainte pendant le goûter. Aussitôt après la messe le matin, ils prennent leur premier repas.

À 7 heures : explication du Saint Évangile à quelques soldats, prière et bénédiction du Très Saint Sacrement avec le Saint Ciboire, suivie de l'Angelus et du Veni

---

1. *L'Imitation de Jésus-Christ*, célèbre livre de dévotion, généralement attribué au bienheureux Thomas a Kempis, augustinien allemand du XIVe siècle.

Creator. Puis les soldats partent, après une petite conversation en plein air, les enfants s'endorment, je récite le Saint Rosaire – et je dis complies (si je n'ai pu le dire avant la petite explication du Saint Évangile) et je m'endors à mon tour, vers 8 h 30.

À minuit je me lève (quand j'entends le réveil) et je chante le Veni Creator, et récite matines et laudes : c'est encore un moment bien doux... Seul avec l'Époux dans le profond silence, dans ce Sahara, sous ce vaste ciel, cette heure de tête à tête est une douceur suprême : je me recouche à 1 heure. J'ai besoin de sommeil, vous le voyez ; beaucoup plus qu'il y a quelques années ; je marche à reculons. Je me couche tôt pour me réveiller ; si je ne me couche pas de bonne heure, aucun réveil ne me réveille et tous les exercices de la journée se trouvent déplacés. Je mange très suffisamment : ma cousine de Bondy m'envoie 10 francs par mois à condition que je les mange moi. J'ai accepté l'aumône et la condition ; mon menu est : à midi, le soir, du pain et du café noir. Il y a dans la garnison des officiers, un capitaine, le médecin-major, d'autres encore qui sont très gracieux, très bons pour moi, qui me comblent de prévenances : chaque matin un pain, les jours de fête cent friandises. Je me suis toujours admirablement porté : une seule fois j'ai eu un peu de fièvre pendant quatre ou cinq jours : immédiatement tout a afflué à la Fraternité : le médecin-major avec ses conseils et ses remèdes, tout le lait des chèvres des officiers et sous-officiers, confitures, café, thé, que sais-je : j'ai été bien reconnaissant et touché.

Lettre à Mgr Guérin, 30 septembre 1902

Plus encore que sa correspondance, c'est son diaire, sorte de journal de l'âme, qui nous renseigne sur le quotidien saharien de Foucauld.

12 avril 1903. Je suis toujours seul Petit Frère du Sacré-Cœur de Jésus – ni postulant, ni novice, ni sœur… « Si le grain de blé ne meurt pas, il reste seul… » Seigneur Jésus, pardonnez-moi mes infidélités, mes lâchetés sans nombre ! Secourez-moi, Vierge Marie, sainte Magdeleine, bienheureuse Marguerite-Marie !… Régnez en moi, Cœur de Jésus ! Afin que je meure enfin à moi, au monde, à tout ce qui n'est pas vous et que je rapporte du fruit pour votre gloire !
Le catéchumène Paul m'a quitté après de grosses fautes, le catéchumène Pierre m'a quitté, il désirait retourner chez ses parents à Tiriourin (Zaouïa sidi Hammoud Bel Hadj), je l'y ai envoyé ; le catéchumène Joseph du Sacré-Cœur envoyé à Alger chez les Pères blancs, en février 1902 et reconduit par eux au Soudan en octobre 1902 les a quittés et mal quittés. Il ne reste à la Fraternité que deux personnes avec moi : le petit chrétien Abd Jésu et la vieille catéchumène aveugle Marie.

Diaire

En ces premières années du XXe siècle, les Touaregs sont un des peuples les moins connus de la planète.

Rares sont les explorateurs, tel Henri Duveyrier, un ami de Foucauld, qui ont vécu parmi eux. Plus de vingt ans plus tôt, en 1881, la mission du colonel Flatters, chargée de reconnaître le tracé du Transsaharien, a été massacrée par les Touaregs du Hoggar. Par son ami le commandant Laperrine, Charles de Foucauld a appris qu'une femme touarègue, Tarichat, avait cherché à porter secours aux rescapés. Il décide de lui écrire.

Admirant et rendant grâces à Dieu de vous voir si bien pratiquer la charité envers les hommes, nous vous écrivons cette lettre pour vous dire que, chez les chrétiens où des centaines de milliers d'âmes, hommes et femmes, renonçant au mariage et aux biens terrestres, consacrent leur vie à prier, méditer la parole de Dieu et pratiquer la bienfaisance, tous les religieux et les religieuses qui entendront parler de vous béniront et loueront Dieu de vos vertus, et le prieront de vous combler de grâces en ce monde et de gloire dans le ciel… Nous vous écrivons aussi pour vous demander très instamment de prier pour nous, certains que Dieu, qui a mis dans votre cœur la volonté de L'aimer et de Le servir, écoute les prières que vous Lui adressez. Nous vous supplions de prier pour nous et pour tous les hommes afin que tous, nous L'aimions et Lui obéissions de toute notre âme. À Lui gloire, bénédiction, honneur et louange, maintenant et toujours.

Lettre à Tarichat, 21 juin 1903

19 juin 1903. Fête du Sacré-Cœur de Jésus.

– Je bâtis trop. Arrêter, ne pas augmenter mes bâtisses. Prédicateurs de Jésus, « qui n'avait pas une pierre où reposer la tête », nous ne devons pas faire le contraire de ce que nous prêchons, mais au contraire être une prédication muette, moi surtout qui ne prêche qu'ainsi… *Christianus alter Christus*[1]… C'est d'après les missionnaires que les infidèles jugent le christianisme… Si nous voulons qu'ils voient Jésus, la religion tels qu'ils sont, soyons d'autres Christ.

– Pour cela (gagner la confiance des musulmans du Sahara) il faut trois choses : 1° être très saints ; 2° beaucoup nous faire voir aux indigènes ; 3° beaucoup leur parler. La sainteté (qui est le principal) nous donnera, tôt ou tard, de l'autorité, inspirera confiance. La vue fréquente fera que nous les entourerons à notre tour, et, si nous sommes des saints, sera une prédication muette et un affermissement croissant de notre autorité. La parole fréquente est le moyen indiqué par saint Paul : « Comment se convertiront-ils si on ne les prêche pas ! »

– Faut-il amener à Dieu les musulmans, chercher à se faire estimer d'eux en excellant dans certaines choses qu'ils estiment : par exemple en étant audacieux, bon cavalier, bon tireur, d'une libéralité un peu fastueuse, etc., ou bien en pratiquant l'Évangile dans son abjection et sa pauvreté, trottant à pied et sans bagage ; travaillant des mains, comme Jésus à Nazareth, vivant pauvrement comme un petit ouvrier ?… Ce n'est pas des Chamba[2]

---

1. « Le chrétien est un autre Christ » (saint Cyprien).
2. Tribus de l'Algérie centrale, ennemies traditionnelles des Touaregs.

que nous devons apprendre comment il faut vivre, mais de Jésus. Nous ne devons pas recevoir leurs leçons mais leur en donner, Jésus nous a dit : « Suivez-moi. » Saint Paul nous a dit : « Soyez mes imitateurs comme je suis l'imitateur du Christ. » Jésus savait la meilleure manière de Lui amener les âmes. Saint Paul fut son incomparable disciple. Avons-nous espoir à faire mieux qu'eux ! Les musulmans ne s'y trompent pas. D'un prêtre, bon cavalier, bon tireur, etc., ils disent c'est un excellent cavalier, nul ne tire comme lui : au besoin ils ajoutent : il serait digne d'être chambi... Ils ne disent pas : c'est un saint... Qu'un missionnaire mène la vie de saint Antoine, ils disent tous : c'est un saint... Avec la raison naturelle, ils donneront souvent leur amitié au premier, au chambi ; s'ils donnent leur confiance, pour ce qui regarde l'âme, ils ne la donneront qu'au second... Ne prenons pas, pour amener les âmes à Dieu, les sentiments de tels ou tels qui ne nous sont pas recommandés par l'Esprit-Saint. Prenons pour maître saint Paul qui fait assez de conversions, dans des conjonctures assez difficiles, et qui nous dit à tous par l'inspiration de l'Esprit-Saint : « Soyez mes imitateurs, comme je suis l'imitateur du Christ. » L'Esprit-Saint nous ramène, par saint Paul, à l'imitation pure et simple de Jésus, comme meilleur moyen de sauver les âmes. « Suivez-Moi... Que celui qui veut me servir me suive... Celui qui me suit ne marche pas dans les ténèbres. Le disciple n'est pas plus grand que le maître, il est parfait s'il est semblable au maître. »

Diaire

À l'été 1903, le commandant Laperrine obtient la soumission des Touaregs du Hoggar et de leur amenokal *(chef), Moussa ag Amastane. Les Touaregs, comme les Marocains, n'appartiennent-ils pas à ces peuples qui ne connaissent pas le vrai visage de Jésus ? En janvier 1904, Laperrine réussit à convaincre le Père de Foucauld de l'accompagner dans une grande « tournée de fraternisation ».*

Le 16 avril : ce soir, arrêté au puits de Timiaouin (désert) (8 km). Nous y rencontrons une colonne française partie de Tombouctou, composée de 25 tirailleurs soudanais, 10 kenaka auxiliaires, capitaine Théveniaud, lieutenant Jerosolini, interprète militaire Pozzo di Borgo, fonctionnaire des télégraphes Combe-Morel, Amouadi marabout kounti. Ils ont été de Tombouctou à Aslar, Souk, Attalia, Tesalit, Timiaouin depuis leur entrée chez les Iforas, ils razzient, pillent, maltraitent, volent sur leur passage ; ils semblent n'être venus ici que pour punir les Iforas et peut-être les Hoggar et les Taïtoq de s'être soumis à la France par l'intermédiaire de l'Algérie... En tout cas ils me font rougir devant les Touaregs par leurs brigandages. Bien reçus par les Iforas qui sont venus à eux comme des tribus soumises leur apportant présents et diffa[1], ils se conduisent envers eux comme des sauvages ; à chaque instant nous apprenons un nouvel acte de brutalité ou de vol. Après leur avoir fraternellement

---

1. Repas de fête, festin comprenant notamment de la viande rôtie.

serré la main à l'arrivée, je partirai demain sans leur dire adieu car je ne veux pas pactiser avec ces infamies. Je ne leur dis aucune parole de reproche : 1° parce que ce serait sans profit pour eux ; 2° parce que cela les éloignerait de la religion ; 3° parce que cela pourrait faire éclater un conflit entre eux et les officiers du commandant Laperrine. (…)

Ce que je vois des officiers du Soudan m'attriste : ils semblent des pillards, des bandits, des flibustiers : je crains que ce grand empire colonial, conquis depuis quelques années, qui pourrait et devrait enfanter tant de bien, de bien moral, de vrai bien, ne soit présentement pour nous qu'une cause de honte, qu'il nous donne lieu de rougir devant les sauvages mêmes, qu'il fasse maudire le nom français et hélas le nom chrétien, qu'il rende ces populations déjà si misérables plus misérables encore…

Cor Jesu Sacratissimum, adveniat regnum tuum[1].

Diaire, 16 avril 1904

12 mai, Ascension. Dit la messe et passé l'après-midi dans l'oued à 60 km de Tin Herkor (désert). Couché dans l'oued (sans nom) (désert) 75 km de Tin Herkor.

13. Couché dans une plaine sans nom (désert) (50 km). Tempête de vent ; pas pu dire messe cause vent.

14. Couché dans un vallon sans nom (désert) (30 km). Grand vent, pas pu célébrer la Sainte Messe à cause vent.

1. « Cœur très saint de Jésus, que Ton règne arrive ! »

15. Arrivé à midi au puits de Tinef (désert) (50 km). J'y célèbre la Sainte Messe en arrivant. Jusqu'à présent, depuis mon départ de Béni-Abbès, le bon Dieu m'a fait la grâce de célébrer la Sainte Messe tous les jours, excepté trois : le 7 avril au départ de Timissac, le 13 et le 14 mai entre Tin Herkor et Tinef.
16. Séjour à Tinef.

Diaire, 12 mai 1904

Mai : Si je puis rester en pays touareg, comment faut-il m'y conduire ?

Quis ? Celui qui, d'après sa vocation reconnue depuis bien des années et vérifiée par ses directeurs et confirmée par ses résolutions de retraite a pour vocation : d'imiter Notre-Seigneur Jésus-Christ dans sa vie cachée de Nazareth, de vivre selon le Règlement des Petits Frères du Sacré-Cœur de Jésus et de travailler à la fondation et au développement de ceux-ci...

Quid ? Mener la vie de Jésus à Nazareth selon le Règlement des Petits Frères du Sacré-Cœur de Jésus. Être aussi petit et pauvre que le fut Jésus à Nazareth. Ne pas chercher, comme à Béni-Abbès à préparer le nid ; Dieu donnera le nid s'Il envoie les âmes. Ne pas chercher, comme à Béni-Abbès à faire de grandes aumônes : donner le surplus dans la mesure qu'il y en a comme le faisaient Jésus, Marie et Joseph à Nazareth ; ne pas chercher à donner, étant seul, l'aumône et l'hospitalité comme le ferait une Fraternité de vingt-cinq Petits Frères : dans le doute me conformer toujours à ce que faisait Jésus à Nazareth. En conséquence, la première chose à faire est de construire un oratoire de 1,40 m de large de 2,10 m de long, et un abri pour Paul et moi, sans chercher à les mettre au lieu définitif de la future Fraternité mais au lieu le meilleur pour le présent.

La seconde chose à faire est de trouver et de faire un travail qui assure le pain quotidien de Paul et de moi avec l'aide de Dieu : culture, jardinage ou métier, probablement culture, jardinage et métier (selon le Règlement et selon l'exemple de Jésus de Nazareth).

Ceci fait, il ne reste qu'à prier la nuit, travailler le jour, aimer et contempler Jésus sans cesse de tout son cœur, dans la pauvreté, la sainteté et l'amour, en faisant au prochain tout le bien spirituel et matériel que permettent les faibles moyens et qu'inspire la charité du cœur de Jésus comme faisait Jésus à Nazareth… (…)

Quibus Auxiliis ? Jésus, la Sainte Vierge, saint Joseph, sainte Magdeleine, sainte Marguerite-Marie, saint Pascal Baylon, saint Augustin, saint Pierre et saint Paul, saint Michel, mon bon Ange, tous les saints, tous les anges, toutes les âmes du purgatoire que je supplie en ce moment, toutes les bonnes âmes vivant en ce monde qui m'aident de leurs prières, conseils, commandements, biens de toutes sortes.

Cur ? Pour la plus grande gloire du Bien-Aimé Jésus, pour la louange de son Cœur Sacré, et de la divine Eucharistie, pour le salut des âmes « rachetées à grand prix ».

Quomodo ? Silencieusement, secrètement comme Jésus à Nazareth, obscurément comme Lui, « passer inconnu sur la terre, comme un voyageur dans la nuit »…

pauvrement, laborieusement, humblement, doucement, avec bienfaisance comme Lui… désarmé et muet devant l'injustice comme Lui ; me laissant comme l'Agneau divin, tondre, et immoler sans résistance, ni parler ; imitant en tout Jésus à Nazareth et Jésus sur la Croix et en cas de doute sur la manière de me conduire et de suivre le Règlement des Petits Frères du Sacré-Cœur et le mien, le premier article de leur vocation et de la mienne, de leur Règlement et du mien ce qui pour eux et pour moi est écrit par Dieu, *in capite libri*, est d'imiter Jésus dans sa vie de Nazareth et, l'heure venue, de l'imiter dans son chemin de Croix et sa mort.

Quomodo ? Surtout amoureusement, en regardant, contemplant sans cesse le Bien-Aimé Jésus, durant le labeur quotidien, en veillant la nuit dans l'adoration de la divine Hostie et la prière en donnant toujours au spirituel la première place de beaucoup, en imitant Jésus à Nazareth, dans son amour pour Dieu, plus éperdument encore qu'en tout le reste. Et en faisant écouler, rayonner ce grand amour de Dieu et de Jésus sur tous les hommes pour qui le Christ est mort ; rachetés à grand prix, en les aimant, comme Il les a aimés, et en faisant tout mon possible, tout ce qu'Il faisait à Nazareth pour sauver les âmes, les sanctifier, consoler, soulager en Lui par Lui, comme Lui, pour Lui…

Diaire, 17 mai 1904

8 juillet. Séjour à Amra – aujourd'hui le séjour se prolongeant, j'ai le bonheur de placer – pour la première

fois en pays touareg – la Sainte Réserve dans le Tabernacle. Une chapelle en branchages, surmontée d'une croix de bois, a été construite ; une tente dressée dessous forme dais au-dessus de l'autel et le protège de la poussière ; l'autel et le Saint Sacrement sont sous la tente.

Cœur Sacré de Jésus, merci pour ce premier tabernacle des pays touaregs ! Qu'il soit le prélude de beaucoup d'autres et l'annonce du salut de beaucoup d'âmes ! Cœur Sacré de Jésus, rayonnez du fond de ce Tabernacle sur le peuple qui vous entoure sans vous connaître. Éclairez, dirigez, sauvez ces âmes que vous aimez ! Convertissez, sanctifiez les Touaregs, le Maroc, le Sahara, les infidèles, tous les hommes ! Envoyez de saints et nombreux ouvriers et ouvrières évangéliques chez les Touaregs, au Sahara, au Maroc, partout où il en faut ; envoyez-y de saints Petits Frères et Petites Sœurs du Sacré-Cœur si c'est Votre Volonté ! Convertissez-moi, misérable que je suis, Cœur Sacré de Jésus ! À Vous louange, gloire et bénédiction dans les siècles des siècles !…

Diaire, 8 juillet 1904

Tamanrasset, 11 août

Par la grâce du divin Bien-Aimé Jésus, il m'est possible de m'installer, me fixer à Tamanrasset ou dans tout autre point du Hoggar, d'y avoir maison et jardin, et m'y établir pour toujours… Cette possibilité me paraît même une volonté du Bien-Aimé… Je choisis Tamanrasset, village de vingt-deux feux en pleine montagne, au cœur du Hoggar et du Dag Rali, sa principale tribu, à l'écart de tous les centres importants. Il ne semble pas que jamais il doive y avoir garnison, ni télégraphe, ni Européen, et que de longtemps il n'y aura pas de mission. Je choisis ce lieu délaissé et je m'y fixe, en suppliant Jésus de bénir cet établissement où je veux, dans ma vie, prendre pour seul exemple sa vie de Nazareth. Qu'Il daigne, dans son amour, me convertir, me rendre tel qu'Il me veut, me faire L'aimer de tout mon cœur ; L'aimer, Lui obéir, L'imiter le plus possible en tous les instants de ma vie… *Cor Jesu Sacratissimum… Adveniat regnum tuum.*

Diaire

23 octobre 1905. Fête du Très Saint Rédempteur. Cœur de Jésus, ayez pitié de nous ; Cœur Sacré de Jésus, que Votre Règne arrive.

Moussa me demande conseil sur ce qu'il doit dire, demander au colonel, dans un voyage à Adrar.

Jésus, inspirez ma réponse, dirigez-la. « Plus on est parfait, plus on fait passer l'intérêt général avant l'intérêt particulier » (saint Augustin, *Règle*). Moussa doit donc ne pas considérer son intérêt particulier, mais uniquement chercher l'intérêt général. L'intérêt de qui ? Des Kel Ahaggar d'abord, des autres Imouhar en second lieu[1].

1. Kel Ahaggar (Touaregs du Hoggar) : la confédération touarègue dont Moussa ag Amastane était l'aménokal. Imouhar : synonyme, ici, de Touaregs.

Le bien c'est le ciel? Ce qui donne le ciel c'est de connaître la volonté de Dieu et l'accomplir.

Connaissance de la volonté de Dieu aussi grande que possible; car plus on connaît, plus on aime; plus on aime, plus fidèlement on accomplit. Aussi grande que possible, car Dieu sait tout: donc plus on sait, plus on Lui devient semblable; aussi grande que possible, car toute créature est l'œuvre de Dieu et est dirigée par sa Providence, la science n'est donc que l'histoire des œuvres de Dieu et de son gouvernement; elle vient de Dieu, reste en Dieu et conduit à Dieu. Aussi grande que possible, car toute science augmente les forces de l'esprit, et nous comprendrons d'autant mieux la volonté de Dieu que notre esprit sera plus développé. Pour tous ces motifs, la science la plus grande possible, non seulement de la loi de Dieu mais de toute chose.

La première des choses absolument nécessaires aux Touaregs est donc d'accroître, le plus possible, et leur connaissance de la loi de Dieu et le développement général de leur esprit, condition nécessaire pour bien l'embrasser.

Diaire

Tamanrasset, 22 novembre 1907

Bien-aimé Père,

(...) Je voudrais vous demander conseil sur une chose: notre Algérie, on n'y fait pour ainsi dire rien pour les indigènes ; les civils ne cherchent la plupart qu'à augmenter les besoins des indigènes, pour tirer d'eux le plus de profit, ils cherchent leur intérêt personnel, uniquement. Les militaires administrent les indigènes en les laissant dans leur voie, sans chercher sérieusement à leur faire faire des progrès ; quelques-uns prennent goût à la vie arabe et deviennent demi-arabes ; le clergé ne s'occupe pas plus des indigènes que s'ils n'existaient pas, excepté les Pères blancs ; et ceux-ci, même institués pour eux, trouvant l'œuvre très ingrate, se sont tournés vers les peuples nègres de l'Équateur, y exercent tous leur effort et n'ont plus en Algérie qu'un nombre infime de missionnaires dont l'action est nulle. De sorte que nous avons là plus de 3 millions de musulmans depuis plus de 70 ans pour le progrès moral desquels on ne fait pour ainsi dire rien, desquels le million d'Européens habitant l'Algérie vit absolument séparé sans le pénétrer en rien, très ignorant de tout ce qui les concerne, sans aucun contact intime avec eux, les regardant toujours comme des étrangers et la plupart du temps comme des ennemis... Les devoirs d'un peuple qui a des colonies ne sont pas cela, et cette fraternité que personne ne nie, trace des devoirs bien différents : voir en ces peuples des frères arriérés dont nous devons faire l'éducation et dont nous devons élever l'esprit et le caractère aussi haut que possible, enfin faire envers eux notre devoir de bons frères...

Au Soudan, dans les colonies en pays nègres, c'est bien pis ! Je ne les ai pas vues, mais assez proche ici du Soudan, il me parvient des échos de ce qui s'y fait, et les principes qu'étalent la plupart de ceux qui en viennent, n'indiquent que trop qu'on n'y cherche qu'un bas intérêt personnel, ne reculant souvent devant aucun moyen ; dans cet immense empire colonial acquis en quelques années, qui pourrait être une source de tant de biens pour ces nations arriérées, ce n'est que cupidité, violence, sans nul souci du bien des peuples... Sans doute quiconque a lu son catéchisme et sait qu'on doit aimer son prochain comme soi-même, sait quels sont les devoirs d'un peuple envers ses colonies : mais, hélas, bien des gens ignorent le catéchisme, et même à ceux qui le savent, un sermon est parfois nécessaire, pour mettre avec plus de force la vérité sous leurs yeux.

Depuis des mois, pensant à ce mal, à ce devoir envers ces peuples qu'on n'accomplit pas, devoir, non de quelques-uns, mais de tous ceux qui ont rapport avec eux sans exception : depuis des mois je souhaite un bon livre, sous une forme attrayante et facile à lire, écrit par un laïc pour avoir plus de lecteurs, pénétrer partout, qui mette, non d'une manière aride et sous forme de traité, mais d'une façon émouvante qui remue ceux qui ont bonne volonté, bon cœur, en lumière ce que nous devons faire pour ces frères arriérés. Non seulement qui montre la voie à suivre, mais qui y pousse en émouvant ceux qui sont capables d'être émus.

Lettre à l'abbé Huvelin, 22 novembre 1907

(...) Les moyens dont Il s'est servi à la Crèche de Nazareth et sur la Croix sont : Pauvreté, Abjection, Humiliation, Délaissement, Persécution, Souffrance,

Croix. Voilà nos armes, celles de notre Époux divin qui nous demande de Le laisser continuer en nous sa vie, Lui, l'unique Amant, l'unique Époux, l'unique Sauveur et aussi l'unique Sagesse, et l'unique Vérité. Nous ne trouverons pas mieux que Lui, et Il n'est pas vieilli... Suivons ce «modèle unique» et nous sommes sûrs de faire beaucoup de bien car dès lors, ce n'est plus nous qui vivons, mais Lui qui vit en nous, nos actes ne sont plus nos actes à nous, humains et misérables, mais les Siens divinement efficaces.

Lettre à Mgr Guérin, 15 janvier 1908

20 janvier 1908. Suis malade, obligé d'interrompre tout travail. Jésus, Marie, Joseph, je vous donne mon âme, mon esprit et ma vie.
31 janvier. *Deo Gratias; Deo Gratias; Deo Gratias;* Mon Dieu, que vous êtes bon ! Je reçois aujourd'hui une lettre de Laperrine m'annonçant que le Pape m'a accordé autorisation célébrer Sainte Messe, absolument seul, sans servant, ni assistant. C'est sur la demande du Procureur des Pères blancs que le Saint-Père m'a fait cette grande faveur. Demain je pourrai donc célébrer la Sainte Messe. Noël, Noël ; Merci mon Dieu !

Diaire, janvier 1908

Prêcher Jésus aux Touaregs ; je ne crois pas que Jésus le veuille, ni de moi ni de personne. Ce serait le moyen de retarder non d'avancer leur conversion. Cela les mettrait en défiance, les éloignerait, loin de les rapprocher. Ce qu'il y a à faire pour les autres et pour moi – qui me crois bien la vocation de la clôture, et qui vis ici cloîtré –, c'est à mon avis ce que j'indique dans ma lettre à Mgr Livinhac[1]. Il faut y aller très prudemment, doucement, les connaître, nous faire d'eux des amis, et puis après, petit à petit, on pourra aller plus loin avec quelques âmes privilégiées qui *seront venues et auront vu*, plus que les autres, et qui, elles, attireront les autres. Il faudrait surtout de l'instruction à ces pauvres âmes. Prions et travaillons.

Lettre à Mgr Guérin, 6 mars 1908

C'est aujourd'hui la fête de saint Pierre et de saint Paul. Il m'est doux de vous écrire en ce jour. Ne nous effrayons d'aucune difficulté : ils en ont vaincu bien d'autres et ils sont toujours là. Pierre est toujours au gouvernail de la barque. Si les disciples de Jésus pouvaient se décourager, quelles causes de découragement auraient eues les chrétiens de Rome, le soir de leur martyre à tous deux ? J'ai souvent pensé à cette soirée-là : quelle tristesse et comme tout aurait semblé avoir sombré s'il n'y avait pas eu dans les cœurs la foi qu'il y avait ! Il y aura toujours des luttes et toujours le triomphe réel de la Croix dans la défaite apparente.

Lettre à Mgr Guérin, 29 juin 1909

1. Mgr Léon Livinhac (1846-1922), supérieur général des Missionnaires d'Afrique (les Pères blancs).

– Mon apostolat doit être l'apostolat de la bonté. En me voyant on doit se dire : « Puisque cet homme est si bon, sa religion doit être bonne. » – Si l'on demande pourquoi je suis doux et bon, je dois dire : « Parce que je suis le serviteur d'un bien plus bon que moi. Si vous saviez combien est bon mon Maître Jésus. » Je voudrais être assez bon pour qu'on dise : « Si tel est le serviteur, comment donc est le Maître ? » (M. Huvelin). Le prêtre est un ostensoir, son rôle est de montrer Jésus ; il doit disparaître et faire voir Jésus ; m'efforcer de laisser un bon souvenir dans l'âme de tous ceux qui viennent à moi.

– Me faire tout à tous : rire avec ceux qui rient, pleurer avec ceux qui pleurent pour les amener tous à Jésus. Me mettre avec condescendance à la portée de tous, pour les attirer tous à Jésus.

Diaire, conseils de l'abbé Huvelin, début 1909

Peu de temps après le séjour de Foucauld chez les Clarisses, l'abbé Caron avait fondé à Nazareth l'Orphelinat de Jésus adolescent. Il avait publié en 1905 un ouvrage intitulé Au Pays de Jésus adolescent.

Revenons à l'Évangile, si nous ne vivons pas l'Évangile, Jésus ne vit pas en nous. Revenons à la pauvreté, à la simplicité chrétienne. Après dix-neuf ans passés hors de France, c'est le progrès effrayant qu'ont fait, dans toutes les classes de la société et surtout dans la classe moins riche, même dans les familles très chrétiennes, le goût et l'habitude des inutilités coûteuses, avec une grande légèreté, et des habitudes de distractions mondaines et frivoles, bien déplacées en des temps aussi graves, en des temps de persécution, et nullement d'accord avec une vie chrétienne.

Le danger est en nous et non dans nos ennemis. Nos ennemis ne peuvent que nous faire remporter des victoires. Le mal, nous ne pouvons le recevoir que de nous-mêmes. Revenir à l'Évangile, c'est là le remède : c'est ce dont nous avons tous besoin.

Lettre à Mgr Caron, 30 juin 1909

Né en 1883, le jeune orientaliste Louis Massignon, spécialiste de Hallaj, mystique irakien du XIe siècle, était revenu à Dieu en 1908, après un voyage en Mésopotamie au cours duquel il avait failli périr.

Ayant d'abord écrit à Foucauld pour des raisons scientifiques – il avait publié un mémoire sur Léon l'Africain –, Massignon noua progressivement une amitié spirituelle avec le Père, au point que ce dernier imagina faire de lui son successeur.

En attendant qu'on connaisse la volonté divine et après qu'on l'a connue, le devoir est simple, aimer Dieu et le prochain ; aimer le prochain pour arriver par là à l'amour de Dieu. Ces deux amours ne vont pas l'un sans l'autre : croître dans l'un c'est croître dans l'autre. Comment acquérir l'amour de Dieu ? En pratiquant la charité envers les autres.

Lettre à Louis Massignon, 31 août 1910

Vous me demandez quelle est ma vie ; c'est la vie de moine-missionnaire fondée sur ces trois principes :
– Imitation de la vie cachée de Jésus à Nazareth ;
– Adoration du Très Saint Sacrement exposé ;
– Établissement parmi les peuples infidèles les plus délaissés, en faisant tout ce qu'on peut pour leur conversion. (…)
Je vois ces postes, ces ermitages, de trois ou quatre moines-missionnaires, comme des avant-gardes, faites pour préparer les voies et céder la place aux autres religieux à organisation de clergé séculier, lorsque le terrain sera défriché.

Lettre à un trappiste de Notre-Dame-des-Neiges qui songe à le rejoindre, 13 mai 1911

Dans sa correspondance, le Père de Foucauld a décrit ses deux ermitages du Hoggar, celui de Tamanrasset et celui de l'Asekrem, deux pauvres coquilles, l'une de terre et l'autre de pierre. Au milieu du Sahara, sa vie est plus que jamais tournée vers l'autre, le prochain, touareg ou français. Qu'il prophétise la décolonisation, qu'il fasse l'éloge du mariage ou qu'il consigne la recette du pain, Frère Charles s'associe aux joies et aux peines des hommes.

Dans l'Aaghar, j'ai deux ermitages, l'un à Tamanrasset, à trois cents mètres d'un village de cent habitants, dans un large cirque entouré de montagnes, à proximité, de tous côtés, de campements de nomades ; l'autre, à Asekrem, à soixante kilomètres de Tamanrasset, à deux mille sept cents mètres d'altitude, au sommet d'une montagne avec des campements dans les vallées voisines. Le premier ermitage est une manière de grande ville, la poste y passe tous les quinze jours ; un brave homme, monté à chameau, apporte les lettres d'In-Salah, qui est à six cent cinquante kilomètres. C'est le grand chemin entre l'Algérie et l'Aïr, entre In-Salah et Zinder ; il vient des caravanes du Damergou, de l'Aïr, du Niger ; on a de la bonne eau en abondance, de belles eaux de source courant dans les ruisseaux, belles et bonnes comme dans les Vosges, des poules et des œufs, des légumes, du blé et de l'orge, du beurre ; on trouve des gens qui, pour quelques sous, apportent du bois, du pain, aident à n'importe quel travail ; de plus, la vue est belle, les couchers de soleil sur les montagnes sont admirables. L'autre ermitage, Asekrem, est plus sévère. Je suis absolument seul au haut d'un mont qui domine presque tous les autres et le nœud orographique du pays ; la vue est merveilleuse, le regard embrasse le massif de l'Aaghar qui va descendant vers le Nord et vers le Sud jusqu'aux immenses plaines désertes. Dans les plans rapprochés, c'est l'enchevêtrement le plus étrange de pics, d'aiguilles rocheuses, de roches à formes fantastiques et amoncelées. C'est une belle solitude que j'aime extrêmement ; aux environs, il y a un grand nombre de ravins qui, dès qu'il pleut, se couvrent d'herbe parfumée, et aussitôt, les Touaregs y plantent leur tente pour boire le bon lait des montagnes...

*Lettre à son ami d'enfance
Gabriel Tourdes, 7 juin 1911*

Je suis dans la plus belle solitude du monde, un ermitage au sommet d'une montagne, au centre du massif de l'Aaghar, entouré d'un hérissement de pics et d'aiguilles rocheuses fantastiques, un décor d'opéra, de nuit de Sabbat. C'est merveilleusement beau.

*Lettre de juillet 1911,
citée par Jean-François Six*

Ma pensée est que, si, petit à petit, doucement, les musulmans de notre empire colonial d'Afrique ne se convertissent pas, il se produira un mouvement nationaliste analogue à celui de la Turquie. Une élite intellectuelle se formera dans les grandes villes, instruite à la française, élite qui aura perdu toute foi islamique, mais qui en gardera l'étiquette pour pouvoir, par elle, influencer les masses. D'autre part, la masse des nomades et des campagnards restera ignorante, éloignée de nous, fermement mahométane, portée à la haine et au mépris des Français, par sa religion, ses marabouts, par les contacts qu'elle a avec les Français (représentants de l'autorité, colons, commerçants), contacts qui, trop souvent, ne sont pas propres à nous faire aimer d'elle. Le sentiment national ou barbaresque s'exaltera donc dans l'élite instruite, quand elle en trouvera l'occasion. Par exemple, lors des difficultés de la France, au-dedans ou au dehors, elle se servira de l'islam pour soulever la masse ignorante et cherchera à créer un empire africain musulman indépendant. L'empire nord-ouest africain de la France, Algérie, Maroc, Tunisie, Afrique occidentale française, a trente millions d'habitants ; il en aura, grâce à la paix, le double dans cinquante ans. Il sera alors en plein progrès matériel, riche, sillonné de chemins de fer, et peuplé d'habitants rompus au maniement de nos armes, dont l'élite aura reçu l'instruction dans nos écoles. Si nous n'avons pas su faire des Français de ces peuples, ils nous chasseront. Le seul moyen qu'ils deviennent Français est qu'ils deviennent chrétiens.

*Lettre au duc de Fitz-James,
ami des années militaires, 1911*

(…) L'état du mariage est non une expiation, mais un état saint, dans lequel on entre par un sacrement, dans lequel on peut et on doit se sanctifier et sanctifier les autres… Être père d'enfants qui ont des âmes immortelles destinées à aimer et servir Dieu éternellement dans le ciel, et probablement être l'auteur d'une lignée d'âmes bienheureuses qui adoreront éternellement Dieu, quelle grandeur et quelle admirable vocation ! Et quel bien fait un saint marié dans le monde, pénétrant dans tant de milieux où le prêtre n'entre guère et y pénétrant avec une intimité rarement possible au prêtre : le rôle du catholique marié est d'envoyer, de conduire au prêtre les âmes éloignées de Dieu…

*Lettre à Louis Massignon,
30 septembre 1913*

Dieu est le *Bon Dieu* ; Il sait de quelle boue Il nous a formés ; Il voit notre désir, notre volonté de faire ce qu'Il veut, en même temps que notre misère, Il nous aime plus qu'une mère, plus qu'un époux… Notre amour, l'union de notre volonté à la Sienne, l'acquiescement à tout ce qu'Il veut de nous sont tout ce qu'Il demande de sa pauvre créature : paix aux hommes de bonne volonté.

Lettre à Marie de Bondy, 10 février 1914

Ne cherchons pas à être impassible, nous ne pouvons l'être sans miracle. Ne cherchons pas à être dans la joie, c'est au bon Pasteur à choisir la nourriture de notre âme et non à nous… Ne cherchons pas à être dans la douleur, pour la même raison, c'est au bon Pasteur à nous nourrir d'herbes douces ou amères, selon Sa science, Sa bonté, et Sa volonté, et non à nous… Ne désirons ni l'impassibilité, ni la joie, ni la douleur ; la première ne peut nous être donnée que par un miracle, et nous ignorons si ce miracle serait pour la gloire de Dieu et le bien des âmes : quant aux deux autres, nous ne savons laquelle nous est bonne et glorifie Dieu ; laissons donc au bon Pasteur le soin de nous mettre, comme Il lui plaît, dans la joie ou dans la douleur.

Méditation sur le psaume 88

Comment faire le pain sans levain

Allumer du feu et faire chauffer dessus une plaque de tôle, ou de terre, ou une pierre plate. Pendant qu'elle chauffe, mélanger eau et farine (un quart de livre d'eau, pour un litre de farine, avec un petit dé à coudre de sel : le sel se dissout dans l'eau). Pétrir la pâte, sans mettre de levain. Dès qu'elle est pétrie, la rouler en galettes de l'épaisseur et de la taille qu'on veut, avec un bâton : puis enrouler, l'une après l'autre, chaque galette sur ce bâton et la porter ainsi sur la plaque chaude, l'y étendre, la laisser un instant (le temps nécessaire pour qu'elle soit cuite d'un côté), puis la soulever avec deux baguettes, la retourner, et l'étendre sur la plaque de l'autre côté : lorsque l'autre côté est assez cuit, l'enlever avec les deux baguettes et la servir…

(Il suffit de laisser chaque galette un instant… En très peu de temps on en cuit un grand nombre…) On peut se servir de farine de blé, orge, maïs, etc.

Notes diverses sur les Touaregs

Pour l'Union des Frères et Sœurs du Sacré-Cœur de Jésus, association qu'il a fondée en 1908 afin de promouvoir « la pratique des vertus évangéliques, la dévotion au Très Saint Sacrement et la conversion des infidèles appartenant aux colonies de la mère-patrie », Foucauld a rédigé un « directoire », simple règle de confrérie, qui est son véritable testament spirituel. Cette méthode est destinée à tout chrétien, laïque ou consacré. L'élaboration du Directoire eut un grand témoin : Louis Massignon. Profondément marqué par Foucauld, il se battit toute sa vie pour faire connaître la pensée de son ami.

On fait du bien, non dans la mesure de ce qu'on dit et de ce qu'on fait, mais dans la mesure de ce qu'on est, dans la mesure de la grâce qui accompagne nos actes, dans la mesure en laquelle Jésus vit en nous, dans la mesure en laquelle nos actes sont des actes de Jésus agissant en nous et par nous. Le degré de notre sanctification personnelle sera celui du bien produit par nos prières, nos pénitences, nos exemples, nos actes de bonté, nos œuvres de zèle. La première chose à faire pour être utile aux âmes, c'est de travailler de toutes nos forces et continuellement à notre conversion personnelle. C'est notre directeur spirituel qui nous y aidera : ayons une bonne volonté complète, mettons-nous entre ses mains avec pleine obéissance, et sous sa direction travaillons avec courage et sans relâche. L'âme fait du bien dans la mesure de sa sainteté : que cette vérité soit toujours devant nos yeux.

Directoire, article XXVIII, 3

Par leur exemple, les frères et sœurs doivent être une prédication vivante : chacun d'eux doit être un modèle de vie évangélique. En les voyant, on doit voir ce qu'est l'Évangile, ce qu'est Jésus. La différence entre leur vie et la vie des non-chrétiens doit faire paraître avec éclat où est la vérité. Ils doivent être un Évangile vivant : les personnes éloignées de Jésus, et spécialement les infidèles, doivent, sans livres et sans paroles, connaître l'Évangile par la vue de leur vie. L'exemple est la seule œuvre extérieure par laquelle ils puissent agir sur les âmes tout à fait rebelles à Jésus, qui ne veulent ni écouter les paroles de ses serviteurs, ni lire leurs livres, ni recevoir leurs bienfaits, ni accepter leur amitié, ni communiquer en aucune manière avec eux : sur ceux-là, il n'y a d'action que par l'exemple ; mais cette action par l'exemple est d'autant plus forte qu'elle n'excite aucune défiance, toute apparence de tromperie ou de séduction en étant écartée.

Directoire, article XXVIII, 6

Ne vous effrayez ni ne vous découragez des tentations dont vous me parlez ; luttez toujours, humiliez-vous toujours, ne vous découragez jamais… La tentation ne dépend pas de nous et n'est pas une faute : tâchons de ne pas nous y arrêter, d'y résister dès le premier moment ; luttons et prions ; (…) si nous faiblissons, si nous succombons, humilions-nous, demandons pardon et grâce et recommençons à lutter avec l'espérance que Dieu, après les années de faiblesse mesurées par Sa Sagesse et Son Amour, nous donnera plus de force… Ne nous demandons pas pourquoi Dieu permet notre faiblesse, Il est la lumière infinie et nous sommes de pauvres aveugles. Souvenons-nous que la tentation est toujours un moyen de nous faire croître en force par le combat et croître en humilité par la vue de notre misère ; c'est un moyen de nous faire croître en sainteté par la lutte en vue de Dieu contre ce qui est opposé à Sa Volonté ; c'est quelquefois la peine de fautes anciennes dont Dieu veut nous faire mesurer la gravité en nous faisant voir les longues traces qu'elles laissent ; c'est toujours une leçon d'indulgence pour le prochain, d'indulgence tendre et compatissante pour les pécheurs dont nous avons tant besoin, étant si portés à la sévérité pour autrui… Donc, très cher frère, courage, humilité, espérance !

Lettre à Louis Massignon, 15 juillet 1915

L'amour consiste, non à sentir qu'on aime, mais à *vouloir aimer* : quand on veut aimer, on aime ; quand on veut aimer par-dessus tout, on aime par-dessus tout… S'il arrive qu'on succombe à une tentation, c'est que l'amour est trop faible, ce n'est pas qu'il n'existe pas : il faut pleurer, comme saint Pierre, se repentir comme saint

Pierre, s'humilier comme lui, mais comme lui aussi dire par trois fois « je Vous aime, je Vous aime, Vous savez que, malgré mes faiblesses et mes péchés, je Vous aime »... Quant à l'amour que JÉSUS a pour nous, Il nous l'a assez prouvé pour que nous y croyons sans le sentir : sentir que nous L'aimons et qu'Il nous aime, ce serait le ciel : le ciel n'est, sauf rares moments et rares exceptions, pas pour ici-bas... Racontons-nous souvent la double histoire des grâces que Dieu nous a faites personnellement depuis notre naissance et celle de nos infidélités : nous y trouverons, nous surtout qui avons vécu longtemps loin de Dieu, les preuves les plus certaines et les plus attendrissantes de son amour pour nous, ainsi hélas que les preuves si nombreuses de notre misère : de quoi nous perdre dans une confiance sans borne en son amour (Il nous aime parce qu'Il est bon, non parce que nous sommes bons – les mères n'aiment-elles pas leurs enfants dévoyés ?), et de quoi nous enfoncer dans l'humilité et la défiance de nous...

Lettre à Louis Massignon, 15 juillet 1916

Pensez beaucoup aux autres, priez beaucoup pour les autres. Vous dévouer au salut du prochain par les moyens en votre pouvoir, prière, bonté, exemple, etc., c'est le meilleur moyen de prouver à l'Époux divin que vous l'aimez : « Tout ce que vous faites à un de ces petits, c'est à moi que vous le faites... » L'aumône matérielle qu'on fait à un pauvre, c'est au créateur de l'Univers qu'on la fait, le bien qu'on fait à l'âme d'un pécheur, c'est à la pureté incréée qu'on le fait... Dieu a voulu qu'il en fût ainsi pour donner à cette charité envers le prochain dont Il a fait le deuxième devoir « semblable au premier » une véritable similitude avec ce premier de l'amour de Dieu... Il n'y a pas, je crois, de parole de l'Évangile qui ait fait sur moi une plus profonde impression et transformé davantage ma vie que celle-ci : « Tout ce que vous faites à un de ces petits, c'est à moi que vous le faites. » Si on songe que ces paroles sont celles de la Vérité incréée, celles de la bouche qui dit « Ceci est mon corps... ceci est mon sang », avec quelle force on est porté à chercher et à aimer JÉSUS dans « ces petits », ces pécheurs, ces pauvres, portant tous ses moyens matériels vers le soulagement des misères temporelles...

Lettre à Louis Massignon, 1er août 1916

Alors qu'en Europe, la guerre bat son plein, Foucauld tient toujours son diaire. On y suit les travaux et les jours du Hoggar.

Novembre 1916
8. Vu Babaissi.
9. Vu Romran.
13. Vu Babaissi.
14. Vu Chikat.
15. À 8 h. matin arrivent postes In-Salah et Flatters. Vu Chikat, Babaissi. Ce soir achèvement de l'ermitage fortifié ; licenciement des ouvriers.

16. Vu Babaissi. Reçu 255 litres de dattes de Motylinski pour les pauvres.

17. Vu Babaissi. La poste part pour In-Salah et Flatters à 8h. du matin.

18. Sauterelles.

19. Vu Mariema oult Amenni.

21. Vu Babaissi, Zaouggin. Sauterelles.

22. M. de la Roche[1] arrive à 9h. du matin. Vu Babaissi, Zaouggin.

23. Vu Zaouggin.

24. Vu Zaouggin, M. de la Roche repart pour Motylinski 7h. du matin.

25. Vu Zaouggin.

26. Vu Zaouggin, Télout, Babaissi. Passage d'un convoi de cartouches.

27. Vu Zaouggin.

28. Fini les Poésies touarègues. Vu Zaouggin, Sauterelles.

29. Vu Zaouggin.

Décembre

1

2

3

Diaire

Les dernières pages sont vides, car le Père de Foucauld est mort le soir du 1er décembre 1916, assassiné

---

1. Le capitaine de La Roche était l'officier en charge du Hoggar.

devant son ermitage par des pillards Senoussis venus de Tripolitaine. Pieds et mains entravés, priant dans le silence, il est tué d'une balle dans la tête par le jeune garçon qui le gardait, au cours d'un moment de panique. Il n'avait pas eu le temps de poster sa dernière lettre à Louis Massignon, écrite le jour même.

Tamanrasset, 1er décembre 1916

Très cher frère en JÉSUS, je reçois ce matin vos lettres des 3 et 9 octobre, ému à la pensée des dangers plus grands que vous allez peut-être courir, que vous courez probablement déjà. – Vous avez très bien fait de demander à passer dans la troupe – Il ne faut jamais hésiter à demander les postes où le danger, le sacrifice, le dévouement sont les plus grands : l'honneur, laissons-le à qui le voudra, mais le danger, la peine, réclamons-les toujours. Chrétiens, nous devons donner l'exemple du sacrifice et du dévouement. C'est un principe auquel il faut être fidèle toute la vie, en simplicité, sans nous demander s'il n'entre pas de l'orgueil dans cette conduite : c'est le devoir, faisons-le et demandons au Bien-Aimé Époux de notre âme de le faire en toute humilité, en tout amour de Dieu et du prochain… Vous avez très bien fait. Marchez dans cette voie en simplicité et en paix, certain que c'est JÉSUS qui vous a inspiré de le suivre. Ne soyez pas inquiet de votre foyer. Confiez-vous et confiez-le à Dieu, et marchez en paix. Si Dieu vous conserve la vie, ce que je lui demande de tout mon cœur, votre foyer sera plus béni parce que, vous dévouant davantage, vous vous serez plus uni à JÉSUS et aurez une vie plus surnaturelle. Si vous mourez, Dieu gardera Madame Massignon et votre fils sans vous comme Il les aurait gardés par vous. Offrez votre vie à Dieu par les mains de Notre Mère la Très Sainte Vierge en union avec le Sacrifice de Notre-Seigneur JÉSUS et à toutes les intentions de Son Cœur, et marchez en paix. Ayez confiance que Dieu vous donnera le sort le meilleur pour Sa Gloire, le meilleur pour votre âme, le meilleur pour les âmes des autres, puisque vous ne Lui demandez que cela, puisque tout ce qu'Il veut, vous le voulez, pleinement et sans réserve.

Notre coin de Sahara est en paix. J'y prie pour vous de tout mon cœur et en même temps pour votre foyer.

Ceci vous arrivera vers Noël et le 1er janvier. Cherchez-moi bien près de vous en ces deux jours. Bonne et Sainte année, nombreuses et Saintes années si c'est la volonté divine, et le ciel. Que Dieu vous garde et qu'Il protège la France ! Que JÉSUS, Marie et Joseph vous gardent entre eux dans toute votre vie terrestre, à l'heure de la mort et dans l'éternité.

Je vous embrasse de tout cœur comme je vous aime dans le CŒUR de JÉSUS.

Ch. de Foucauld

Mon Père,
Je m'abandonne à Vous, faites de moi ce qu'il Vous plaira.

Quoi que Vous fassiez de moi, je Vous remercie.

Je suis prêt à tout, j'accepte tout, pourvu que Votre Volonté se fasse en moi, en toutes Vos créatures ; je ne désire rien d'autre, mon Dieu.

Je remets mon âme entre Vos mains, je Vous la donne, mon Dieu, avec tout l'amour de mon cœur,

parce que je Vous aime, et que ce m'est un besoin d'amour de me donner, de me remettre entre Vos mains sans mesure,

avec une infinie confiance, car Vous êtes mon Père.

Prière écrite par Charles de Foucauld, à Nazareth

Bibliographie succincte

Sources

Charles de Foucauld, *Reconnaissance au Maroc (1883-1884)*, Paris, L'Harmattan, «Les Introuvables», 1998.
—, *Lettres à Henry de Castries*, Paris, Grasset, 1938.
Père de Foucauld, abbé Huvelin, correspondance inédite, Paris, Desclée de Brouwer, 1957.
—, *Œuvres spirituelles*, Paris, Seuil, 1958.
—, *Conseils évangéliques*, Paris, Seuil, 1961, (rééd. «Livre de vie», 2000).
—, *Lettres et Carnets*, Paris, Seuil, 1966 (rééd. «Livre de vie», 1995).
Jean-François Six, *L'Aventure de l'amour de Dieu, 80 lettres inédites de Charles de Foucauld à Louis Massignon*, Paris, Seuil, 1993.

Études générales

Denise et Robert Barrat, *Charles de Foucauld et la Fraternité*, Paris, Seuil, «Maîtres spirituels», 1958.

René Bazin, *Charles de Foucauld, explorateur du Maroc, ermite du Sahara*, Paris, Plon, 1921.

Marguerite Castillon du Perron, *Charles de Foucauld*, Paris, Grasset, 1982.

Maurice Serpette, *Foucauld au désert*, Paris, Desclée de Brouwer, 1997.

Jean-François Six, *Vie de Charles de Foucauld*, Paris, Seuil, 1962 (rééd. «Livre de vie», 2000).

Jean-François Six, Maurice Serpette et Pierre Sourisseau, *Le Testament de Charles de Foucauld*, Paris, Fayard, 2005.

Table

Charles de Foucauld, à l'avant-garde 7
Note sur la présente édition 15

La vocation de Nazareth 19
Le marabout chrétien 43

Bibliographie succincte 83

DANS LA MÊME SÉRIE

François d'Assise
La joie parfaite
Textes choisis et présentés par Stéphane Barsacq

Saint Augustin
Le temps de Dieu
Textes choisis et présentés par Éric Bidot

Thérèse d'Avila
L'aventure de Dieu
Textes choisis et présentés par Véronique Donard

Thérèse de Lisieux
La confiance et l'abandon
Textes choisis et présentés par Patrick Autréaux

Maître Eckhart
Être Dieu en Dieu
Textes choisis et présentés par Benoît Beyer de Ryke

Catherine de Sienne
Le feu de la sainteté
Textes choisis et présentés par Christiane Rancé

Simone Weil
Le ravissement de la raison
Textes choisis et présentés par Stéphane Barsacq

Rainer Maria Rilke
L'amour inexaucé
Textes choisis et présentés par Fabrice Midal

Padre Pio
Le témoin
Textes choisis et présentés par Joachim Bouflet

Śamkara
La quête de l'être
Textes traduits, choisis et présentés par Michel Angot

Bouddha
Le diamant et le feu
Textes choisis et présentés par Carisse Busquet

Confucius
L'appel à la rectitude
Textes choisis et présentés par Jacques Sancery

Ramana Maharshi
Le libéré-vivant
Textes choisis et présentés par Ysé Tardan-Masquelier

Maîtres hassidiques
S'unir au divin
Textes traduits, choisis et présentés
par Jean-Rémi Alisse

Lou Andreas-Salomé
L'école de la vie
Textes choisis et présentés par Élisabeth Barillé

Marcel Proust
La solitude et la création
Textes choisis et présentés par Jean-Pierre Jossua

Zhuang zi
L'éveil au Tao
Textes choisis et présentés par Jacques Sancery

Rûmî
La religion de l'amour
Textes choisis et présentés par Leili Anvar

RÉALISATION : PAO ÉDITIONS DU SEUIL
IMPRESSION : NORMANDIE ROTO IMPRESSION S.A.S. À LONRAI
DÉPÔT LÉGAL : SEPTEMBRE 2008. N° 97775-2 (113964)
IMPRIMÉ EN FRANCE

Éditions Points

Le catalogue complet de nos collections est sur Le Cercle Points, ainsi que des interviews d'auteurs, des jeux-concours, des conseils de lecture, des extraits en avant-première…

www.lecerclepoints.com

Collection Points Sagesses

Sa229. La Raison d'être, *par Jacques Ellul*
Sa230. Miyamoto Musashi. Maître de sabre japonais du XVIIe siècle
par Kenji Tokitsu
Sa231. Thérèse de Lisieux. La Confiance et l'Abandon
textes choisis et établis par Patrick Autreaux
Sa232. François d'Assise. La Joie parfaite
par Stéphane Barsacq
Sa233. Saint Augustin. Le Temps de Dieu
textes choisis et établis par Éric Bidot
Sa234. Thérèse d'Avila. L'aventure de Dieu
textes choisis et établis par Véronique Donard
Sa235. Saint Jean de la Croix
textes choisis et établis par Elyane Casalonga
Sa236. Charles de Foucauld. L'explorateur fraternel
textes choisis et établis par Antoine de Meaux
Sa237. Maître Eckhart. Être Dieu en Dieu,
textes choisis et établis par Benoit Beyer de Ryke
Sa238. Catherine de Sienne. Le Feu de la sainteté
textes choisis et établis par Christiane Rance
Sa239. Bibliothérapie, *par Marc-Alain Ouaknin*
Sa240. Dieu comprend les histoires drôles, *par Victor Malka*
Sa241. Gesar de Ling, *par Douglas J. Penick*
Sa242. Les Dix Commandements, *par Marc-Alain Ouaknin*
Sa243. Trois soutras et un traité de la Terre pure
par Jean Eracle
Sa244. Rainer Maria Rilke. L'amour inexaucé
par Fabrice Midal

Sa245.	Simone Weil. Le ravissement de la raison *par Stéphane Barsacq*
Sa246.	Padre Pio. Le témoin, *par Joachim Bouflet*
Sa247.	Le Soufisme, voie intérieure de l'islam, *par Éric Geoffroy*
Sa248.	Se voir tel qu'on est, *par Dalaï-Lama*
Sa249.	Sermons 2, *par Johannes Eckhart (Maître)*
Sa250.	Trois Leçons sur la méditation vipassanā *par Satya Narayan Goenka, William Hart*
Sa251.	Préceptes de vie de Confucius, *par Alexis Lavis*
Sa252.	Petit Livre de la sagesse des moines, *par Henri Brunel*
Sa253.	Shankara. Le libéré vivant *textes choisis et établis par Michel Angot*
Sa254.	Bouddha. Le diamant et le feu *textes choisis et établis par Carisse Busquet*
Sa255.	Confucius. L'appel à la rectitude *textes choisis et établis par Jacques Sancery*
Sa256.	Maîtres hassidiques. S'unir au divin *textes choisis et établis par Jean-Rémi Alisse*
Sa257.	Ramana Maharshi. Le libéré vivant *textes choisis et établis par Ysé Tardan-Masquelier*
Sa258.	Le Coran, *traduction par A. F. I. de Biberstein Kasimirski*
Sa259.	Le Rire de Dieu, *par Ami Bougainm*
Sa260.	La Conférence des oiseaux, *par Farid-ud-Din' Attar*
Sa261.	Kâmasûtra, *par Vâtsyâyana Mallanâga*
Sa262.	Hommes et femmes du Nouveau Testament *par Claude Flipo*
Sa263.	La Bhagavad-Gita, *par Michel Hulin*
Sa264.	Semences de contemplation, *par Thomas Merton*
Sa265.	Comme dit ma mère, *par Victor Malka*
Sa266.	Marcel Proust. La solitude et la création *textes choisis et établis par Jean-Pierre Jossua*
Sa267.	Lou Andreas Salomé. L'école de la vie *textes choisis et établis par Elisabeth Barillé*
Sa268.	Rûmi. La religion de l'amour *textes choisis et établis par Leili Anvar-Chenderoff*
Sa269.	Tchouang Tseu. L'Éveil au Tao *textes choisis et établis par Jacques Sancéry*
Sa270.	Cheminer vers l'éveil, *par le Dalaï-Lama*
Sa271.	24 heures de la vie d'un moine *par Dom Jean-Pierre Longeat*
Sa272.	Jours de fête, *par Robert Féry*
Sa 273.	Krishnamurti. Figure de la liberté *textes choisis et présentés par Isabelle Clerc*
Sa 274.	Sri Aurobindo. La force du yoga *textes choisis et présentés par Pierre Bonnasse*